KB253463

지극히 평범한 하루

지극히 평범한 하루

지극히 평범한 하루

글·그림. 박승원

초판 1쇄 인쇄. 2022년 9월 28일
초판 1쇄 발행. 2022년 10월 5일

펴낸곳. 플랜비북스
등록일. 2019년 3월 13일
등록번호. 제2019-000024호
주소. 서울시 서대문구 가좌로 108-8번지
전화. 02-308-1088

펴낸이. 임보람
기획·편집. 임보람
교정교열. 최나현
디자인. 메타폴리오

부록 「원숭이남자」
임보람

이 책에 수록된 글과 이미지의 저작권은
글쓴이와 작가에게 있으며, 이 책의 판권은
플랜비북스에 있습니다. 저작권법에 의하여
보호를 받는 저작물이므로 무단 복제 및 전재를
금하며, 저자와 출판사 양측의 서면 동의 없이
어떠한 형태로든 무단으로 사용할 수 없습니다.

ISBN 979-11-967820-1-6 03810
18,000원

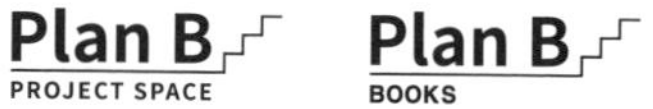

지극히 평범한 하루

박승원

지극히 평범한 하루

등장인물

태희

근헌의 막내아들, 한물간 미술 작가

근헌

항암 치료 중인 위암 4기 환자

무대는 근헌의 집 안, 거실.

2000년대 초반 유행했던 갈색 나무 바닥과 짙은 체리색 몰딩, 오래된
아이보리색 벽지가 주를 이루는 공간이다. 무대 정면에는 초콜릿색의
4인용 카우치 소파가, 그 위에는 흰색 매트리스 패드가 길게 깔려 있고,
크기가 다른 몇 개의 쿠션과 근헌이 애용하는 메밀베개가 놓여 있다. 소파
앞에는 성인 무릎 높이의 전통무늬 테이블이 있고, 한쪽에는 실내 자전거,
그리고 집 곳곳에 각종 난, 꽃나무 화분 등 식물이 늘어서 있다.

소파 뒷벽에 걸려 있는 가족사진 속 근헌과 아내 유영, 딸 태영과 아들
태희는 20년 전 모습이다.

(음악)

내일 일은 난 몰라요 하루 하루 살아요
불행이나 요행함도 내 뜻대로 못해요

험한 이 길 가고 가도 끝은 없고 곤해요
주님 예수 팔 내미사 내 손 잡아 주소서

내일 일은 난 몰라요 장래 일도 몰라요
아버지여 날 붙드사 평탄한 길 주옵소서

암전 상태의 무대
<내일 일은 난 몰라요>가 흐르다 음악이 끝날 즈음,

<u>(E.) 근헌의 코고는 소리</u>

조명 F.I,
음악 사라지며 무대 완전히 밝아진다.

1

제1막

<u>2020년 3월 16일 월요일</u>
<u>오후 3시 30분</u>

태희가 삼각대와 카메라 가방, 그리고 작은 조명을 손에 들고 등장한다.
근헌은 피곤한 듯 코를 골며 침대에 누워 잠들어 있다.
태희, 자고 있는 근헌을 지나 방 한쪽에 가지고 온 촬영 장비를 세팅하기
시작한다. 능숙하게 세팅을 마치고 잠든 근헌을 잠시 바라본다.
촬영 버튼을 누르려다 이런저런 생각이 많은 듯 쉽게 버튼을 누르지 못하고
짧은 한숨. 시선의 방향이 바뀐다.

그러나 그것도 잠시, 이내 촬영 버튼을 누른다.

근헌, 잠에서 깬다. 낮게 끙, 하는 소리가 들리는 것 같은 느린 움직임.
몸을 일으키려 한다. 아주 느리게, 그러나 눈은 쉽게 뜨지 못한다.

　　　태희　　깼어요? 좀 어떠세요?

근헌, 힘들게 눈을 떠 태희임을 확인하고 다시 몸을 눕힌다. 며칠 전 항암
치료로 인해 지친 듯, 다시 눈을 감고 작은 숨만 쉬고 있다.
태희는 카메라를 들고 선 채로 근헌의 주위를 이리저리 살피고 눈치를
보다가 촬영 종료 버튼을 누른다.

짧은 암전.

다시 무대 밝아지면,

<u>오후 4시 13분</u>

침대에 상의를 벗은 근헌이 앉아 있고, 방 한구석에 표정 변화 없이 카메라 뷰파인더만 응시하고 있는 태희가 있다.

　　근헌　(카메라를 쳐다보며) 함 찍어봐라…

근헌, 앙상하게 변한 자신의 몸이 부끄러운 듯 멋쩍은 웃음을 짓는다.

　　근헌　좀 밝은 빛에서 찍으면 선명할 텐데.

뷰파인더 속 근헌을 바라보던 태희의 얼굴에 근헌과 같은 느낌의 웃음이 번진다.

둘은 카메라를 사이에 두고 잠시 동안 마주본다.

태희, 촬영 종료 버튼을 누른다.

<u>오후 4시 22분</u>

태희가 촬영 버튼을 누른다.
상의를 벗은 근헌이 침대에서 일어나 찬송가를 부르며 거실로 나간다.

　　근헌　(흥얼거리듯 개사해서 부르는 노래) 내일 일은 난 몰라요.
　　　　　하루하루 살아요~ 우리 예수 할렐루야 내 손 잡아 주소서~

태희, 문득 고개를 들어 근헌의 뒷모습을 보다가 촬영 종료 버튼을 누른다.

오후 4시 24분

거실로 나온 근헌, 무언가 생각난 듯 다시 상의를 찾아 입는다.
오후의 햇살이 드리워진 거실을 이리저리 돌아다니기 시작하는 근헌.
태희는 거실에 카메라를 설치하고 촬영 버튼을 누른다.

　　태희　　너무 매번 갖춰서 하려고 하면, 외려 더 안 하게 되더라구요.
　　근헌　　아이 그럼, 그래. (사이) (손짓하며) 어, 일로와 봐, 태희야.

태희 바라보면, 창가에는 스무 개 가까이 되는 화분이 옹기종기 모여있다.

　　근헌　　(화분을 가리키며) 저거 있지, 요거 하나 하고 저쪽 거 하나.
　　　　　　창문 앞으로 옮기면 돼.
　　태희　　두 개만 하면 돼요?
　　근헌　　응.

태희가 잰걸음으로 화분을 옮기면 근헌도 같이 한다.

　　태희　　(화분을 내려놓으며) 작은 건?
　　근헌　　작은 건 하나씩 가져와.
　　태희　　(베란다 구석에 놓인 화분을 가리키며) 이거…?
　　근헌　　어, 그거야.

둘은 햇빛이 잘 드는 창가로 화분들을 옮긴다. 각자 분주한 걸음걸이.

　　태희　　(한숨) 에휴, 진짜 이거 죽일 수도 없고.
　　근헌　　어, 엄마가 이거 뭐 좀 어떻게 하라고 그러는데… (사이) 이거 여기하고 여기.

　　　태희　　(혼자만 들릴 듯한 목소리로) 이거 뭐 어떻게 죽일 수도 없잖아,

　　　　　　현실적으로.

　　　근헌　　응?

　　　태희　　(조금 커진 목소리로) 현.실.적으로 죽일 수도 없잖아요.

　　　근헌　　그렇지 뭐… 이거 어떻게 주, 죽일 수도…

　　　태희　　밖에다 심으면 안 되나?

두 사람 잠시 침묵.

이내,

　　　근헌　　그래도 오전 중에 청소하고 물 주고 다 했어. (위치 가리키며)

　　　　　　자, 여기하고 여기, 끝이야.

　　　태희　　(마지막 화분을 내려놓으며) 몇 시에 오세요, 어머닌?

　　　근헌　　7시 반? 한 7시 20분쯤 오려나?

태희가 촬영 종료 버튼을 누른다.

오후 4시 28분

두 사람, 거실 소파에 앉아 태희의 카메라 장비들, 특히 조명에 대한
이런저런 이야기를 나누는 중이다. '그러려면 조명이 좋아야 되거든요',
'그러냐' 와 같은 대화가 조금씩 들린다.

근헌이 주방으로 간 사이에 태희는 카메라 촬영 버튼을 누르려다가 뭔가가
이상한지 가만히 본다.

태희   (카메라를 바라보며 실망한 목소리로) 배터리 또 없네…

근헌   (커피를 들고 들어온다) 응?

태희   (앞서 하던 대화를 이어간다) 아니, 그 조명이 사려면 너무
        비싸고요. 빌리면…

근헌   많이 비싸냐?

태희   사 볼 생각을 안 해봐서 모르겠어요.

근헌   몇백만 원씩 하냐?

태희   (주저하는 목소리로) 그렇겠죠. 근데… 중고로 사고, 뭐 좀
        뒤져보고 하면 되는데… (별안간) 아, 쓸모가 없잖아요. 그리고
        그거 되게 커요. 조명 하나가 이~만해요.

근헌은 연신 고개를 끄덕이며 땅을 쳐다본다.
태희, 근헌 앞으로 다가가 큰 목소리와 과장된 몸짓으로,

태희   두께 이~만하고, 들면 엄~청 무겁고, 그리고 A형 삼각대라고
        요렇게 놓는 거. 삼각대도 이~만한 거. 작은 거 말고 박격포
        다리같이,

근헌은 재밌는 듯 태희를 뚫어져라 쳐다본다. 둘은 눈이 마주친다.

태희   (머쓱한 듯 차분하게) 물론 심플한 것도 있는데. 그런 건 그닥
        소용없고, 큰 건… 빌려 써도 비싸죠. (침묵)

근헌, 말 없이 커피를 마신다.
태희, 어색하게 선 채로 소파 위에 놓인 점퍼를 만지작거린다.

근헌   (태희를 바라보며) 가는 거냐?

태희   아뇨, 잠깐 담배 피우고 올게요.

근헌   응.

태희   아버지, 언제 언제 시간이 (되세요) …? (사이) 저 그냥 시간 될
       때 마다 올게요. (사이) 지금 작업실 뭐… 그 뭐냐… (어색하게
       주절댄다)

근헌   낮에도 거의, 그냥, 텔레비전도 안 보고,

태희   네?

근헌   나 텔레비전도 안 보고 거의, 낮에도 규칙적으로 방에 누워
       있으니깐…
       요새 별로 하는 일이 없어…

길게 느껴지는 침묵,

태희는 옷을 챙겨 입고 밖으로 나간다. 무대에서 완전히 사라진다.
문 밖에서 엘리베이터 소리가 들린다.

<u>(E.)내려갑니다.</u>

혼자 남은 근헌은 여전히 소파.

잠시 침묵.
연신 코를 풀다가 어느 순간 손을 배에 대고 가만히 바닥을 쳐다본다.
이따금 신물이 올라오는 듯 짧은 트림을 하기도 하며.

이어지는 침묵.
간간이 들리는 근헌의 한숨 소리 외에는 아무것도 들리지 않는다.

계속되는 침묵.

근헌은 바닥을 바라보며 정지된 것처럼 앉아 있다. 감정 혹은 상태를
응시한다.

근헌, 소파에서 일어나 화분 하나를 두 손으로 받쳐 들고 주방으로 이동
중에 긴 침묵을 깨는,

(E.) 방귀 소리

근헌의 어떤 표정.

근헌에게 방귀는 여전히 장기가 활동하고 있다는 신호이자 생의 증거이다.

근헌, 들고 있던 화분을 마저 옮기려 무대에서 사라진다.

침묵만 남은 무대

(E.) 물소리

화분에 물을 주는 듯 물소리가 들리다 멈추기를 반복한다.

테이블 위에 놓인 핸드폰이 울린다.

(E.) 전화벨 소리

근헌이 거실로 돌아와 전화를 받는다. 아내 유영의 전화.

근헌　　왜? 어? 왜? (사이) 어어. 괜찮아. 어어. 괜찮아. 태희가 와 있어.
　　　　(사이) 뭐, 여러 가지 이유로 한 1시간? 원래 1시까지 온다고
　　　　했는데, 뭐 좀 전에 왔네. (사이) 어 저기 뭐야… 내가 저녁에

기침이 계속 나. 기침약 좀 지어와라. 강력하게 좀! 어어.

<u>(E.) 현관문 비밀번호 네 자리를 누르는 소리</u>

태희가 들어온다.

    태희   (근헌을 바라보며) 그냥, 여기, 있다가…
    근헌   어?
    태희   아니, 그냥, 여기서 좀 있다가, 뭐. 그냥…

태희는 근헌을 뒤로 한 채 거실을 가로질러 카메라 있는 곳으로 간다.

    근헌   너 편한 대로 해. (사이) 근데 시간 없는 거 아니야?
    태희   예, 뭐… 일단, 보죠 뭐.

태희가 촬영 종료 버튼을 누른다.

<u>오후 4시 37분</u>

근헌은 거실 소파에 앉아 있다. 태희가 촬영 버튼을 누른다.
태희가 근헌을 지나쳐 가장 떨어진 자리로 간다. 둘은 4인용 소파 가장 먼
자리에 함께 앉아 있다.

    근헌   (태희를 바라보며) 네가 가지고 있는 카메라 좋은 거냐?
    태희   아뇨. 저거 그거예요.
    근헌   응?
    태희   그냥 손예진 카메라.

근헌 어?

태희 그러니깐, 일반적으로 연예인 모델 써가지고 대충 파는, 그런
     카메라요.

근헌 저게? 그래도 일반인들이 쓰는 것 보단 좋겠지.

태희 일반인들이 쓰는 거예요. 뭐… 어차피 사진기는 잘 안 쓰니깐…
     내 캠코더는 그래도 좀 전문가용인데. (사이) 요새 영상 작업도
     잘 안하긴 하지만…

근헌 그게… 좋은 건 많이 비싼가 보지?

태희 비싸요… 내가 캠코더 살 때,

태희, 잠시 생각에 잠긴다.

태희 선택지가 한두 개 정도 있었는데, 하나는 전문가용. 그리고 제가
     산 거, 전문가용은 아니고 '준'전문가용인데…

근헌 (고개를 끄덕인다)

태희 대신 호환성이 좋아요. 예민하지도 않고… 꼭 세팅을 하고 찍을
     필요가 없어요. (사이) 난 퍼포먼스 할 때… 찍어줄 사람이
     없잖아요, 항상.

근헌 (연신 고개를 끄덕이며) 그치.

태희 매번 사람을 살 수도 없고, 스튜디오를 빌릴 수도 없고, 돈도
     없고…
     (불현듯) 아참! 나 이번에 전시 끝났는데 아는 작가가 되게
     기분이 언짢은? 이야기를 하더라고요. (잠시 생각) 네, 확실히
     언짢은 얘기였죠. 작업에 대해서.

근헌 (웃으며) 질이 떨어진다고 그러지 않아?

태희 (정곡을 찔린 듯) 아니, 꼭 그런 게 아니라 (목소리를 다듬고)
     저도 이제… 충고를 들어보고 싶은 나이잖아요. 예전처럼 그런

말에 흔들리지도 않으니깐. 그래서 물어봤어요. 그랬더니,
(사이) 돈을 좀 쓰라고 하더라고요.

근헌, 애써 웃는 표정으로 고개를 끄덕인다.
태희는 근헌의 반응을 살피며 말을 이어간다.

태희   그게 참, 듣는 순간 벙찌는 말이기도 했고,
근헌   (태희를 쳐다보며 단호하게) 그렇지! 아무래도 퀼리티가 훨씬
        좋게 나오니깐!
태희   알죠, 저도. 영상 알바를 많이 하니까 남의 일 할 때는 나도 돈
        받아서 좋은 장비 써가면서 하죠. 사실 장비 빌리는 건 얼마
        안 해요. 문제는 항상 사람을 써야 하니까… (사이) 대학 때야
        뭐 친구들끼리 서로 데려다 쓸 수 있었지만 지금은 그럴 수도
        없고, 친구들 불러 한다고 해도 어떻게 종일 불러다 찍는데 달랑
        10만원 줘요. 밥도 한 끼 사먹여야 되고…
근헌   (눈을 감고 고개를 숙인 채) 응….
태희   그래서 살 때 준전문가용을 산 거예요. 혼자 찍기 좋아서…
        엄밀히 말하면 기능 면에서는 전부 다 떨어져요. 근데 거의
        자동이고 렌즈 바꿀 필요 없고 하니까…
근헌   (여전히 고개를 떨군 채로 가만 듣고 있다) …
태희   그나마 렌즈 하나, 비교적 싸지만 뭐… (사이) 여친 렌즈라고
        여자 친구 찍어주기 좋은, 인물사진 잘나오는 렌즈, 그거 하나
        사가지고, 그때 가족사진 찍었을 때, 그걸로 찍은 거구. 근데
        이게 참,
근헌   (고개를 들고 카메라를 쳐다보며) 저게 디지털 제품이라 이제
        가격이 많이 떨어졌지?
태희   원래 30만원 정도밖에 안 해요.

근헌	응?

태희	원래 30만원밖에 안했어요, 카메라는. 캠코더는 살 때 250만원
	정도 했고. (사이) 그때 전문가용 캠코더는 바디만 한 300만원
	했어요. (웃으며) 그리고 렌즈는 훨~씬 비싸요.

근헌	(입술을 깨문 채) 응…

태희	바디 사면 기본으로 달려 있는 소위 똥 렌즈 있잖아요. (잠시
	근헌의 표정을 살피다가) 아버지도 옛날에 카메라 써 보셨죠?
	렌즈 밝기가 떨어지면 노이즈도 심하잖아요. 렌즈 자체의
	밝기가 있는데 기본으로 달려 있는 거 말고 F값 좋은 거 사려면
	한 100만원 하나? 그리고 렌즈가 적어도 두 세트는 있어야
	하니까… 예를 들어 24/70, 70/200 이런 게 필요하잖아요?
	두 개 하면 그것만 해도 한 300만원 되는 거예요. 아, 됐다,
	그러고는 그냥 안 샀죠. 근데 그런 걸 사면 좋은 건, 되팔 때 값이
	많이 안 떨어져요. 제 캠코더는 지금 중고로 사면 아마 사오십?
	정도면 살걸요?

근헌	거의 똥값이네, 네 건.

태희	그쵸. 똥값… (사이) 근데, 생각해 보면요. 한국 들어오자마자
	알바 해가지고 그 뭐냐, (잠시 생각) 친구랑 영상 만든 거,
	공모전, 그 돈 삼백 받아서 그걸로 산 거거든. 그럼 2012년에
	산 건데! 8년을 그걸로 다 찍은 거예요. 그렇게 생각하면 뽕
	뽑았죠!

근헌	그래, 장비도 물론 좋아야겠지만, 뭐든 사람이 따라 붙어야지,
	그치.

태희	네, 사람이 따라붙어야 돼요.

근헌	그게 비싼 거지 뭐.

태희	(손으로 머리카락을 꼬며 벽을 바라본다) 근데 또 내가 안 좋은
	습관이 뭐냐면… 사람을 잘 못 믿어요.

근헌   응?

태희   믿는 사람에게는 아예 맡겨버리는데 그런 사람한테 돈을
         조금만 주기는 싫고, 꽤 프로페셔널한 사람들 말이에요. (사이)
         근데 그런 사람 아닌 이상 어영부영 하루에 10만원짜리 알바
         고용하면, 그게 더 속 터지는 일이에요. 막 찍으면 그거 어디다
         쓸 수도 없어요. (한숨)

태희, 갑자기 허공에 손을 뻗어 이것저것 옮기는 시늉을 한다.

태희   그러니 차라리 내가 삼각대 놓고 세팅 싹 해 놓고, 이렇게, 이렇게
         움직여 보고, 테스트 한 거 모니터하고, 세팅 수정하고, 또 이렇게
         움직이고, 찍고, 또 다시 보고, 또 왔다 갔다 하면서!

태희, 몸으로 분주한 움직임을 재현한다.
근헌, 조용히 웃으며 그 모습을 바라본다.

태희   그래서 아예 딱 세팅해 놓고 찍는 게 마음이 편해요, 인제 그게
         습관이 됐고. 그리고 은근 좀 뭔가… (적당한 단어를 찾는다)
         서-브-컬-쳐 느낌? 그게 항상 저한테 달라붙는 특징이기
         때문에…
근헌   (웃으며) 굳이 뭐 세련되게 안 해도 된다?
태희   (유쾌) 그렇지!! 굳이!!

근헌과 태희, 맞장구를 치다 잠시 서로의 눈을 바라보다가,
다시금 각기 바닥과 벽을 바라본다.

태희   (차분해졌다) 근데 가끔은… 영상 작가 중에 돈을 쏟아 부어서

배우 섭외하고, 촬영팀 따로 꾸리고, 화질 끝내주게 만들어서
깜깜한 방에서 크게 빔 프로젝터로 쏘는 거 보면… (기죽은
목소리로) 좋죠… 그럴 수 있으면…

할 말이 있는 채로 두 사람 사이의 침묵,

근헌   (정적을 깨고) 근데 그런 경우는 너하고 작품에 의미가,
태희   (말을 끊으며) 근데 알바할 때도 보면,
근헌   (말을 끊으며) 그런 거야~ 영상을 중심으로,
태희   (말을 끊으며) 아니! 영상알바 할 때도 보면, 그냥 단순 기록영상
        말고 왜 전시회나 그런 데 쓰이는 영상들 있잖아요. 그런 건
        쌔끈하게 만들어야죠. 근데. (잠시 생각) 근데 결국에는 기호죠.
근헌   (가만 듣고 있다)
태희   난 그냥 쌔끈한 게 싫어요. 너무 뻔하게 예뻐요. (근헌을
        바라보며) 그렇잖아요. 미술 볼 때 '오! 잘 만들었다!' 이러는 것
        보다 '오! 독특하다!', '자꾸 생각나네' 이러는 게 낫잖아요.

근헌은 아무 대답이 없다.

근헌   요새 뭐 영상이야 티비 틀면 광고 같은 거, 기가 막힌 게 한두
        개가 아니니깐.
태희   너~~무 잘 만들지요. 아버지, 그… 킹덤, 못 봤죠?
근헌   뭐 그 요즘, 무슨 게임 선전하는 거?
태희   아버지 TV는 넷플렉스가 안 되나?

태희가 카메라 쪽으로 걸어가 촬영 종료 버튼을 누른다.

잠시 암전.

다시 무대 밝아지면,

오후 4시 53분

태희와 근헌, 소파에 앉아 몇 개월 전 태희의 개인전에 관한 이야기를
나누던 중이다. 분위기에 약간의 서늘함이 느껴진다.

　　근헌　　그러니까 내 말은,

　　태희　　(말 끊으며) 아버지, 잠시만요…

태희가 잠시 소파에서 일어나 거실에 있는 카메라 촬영 버튼을 누른다.

　　근헌　　(태희를 바라보면) 찍는 거냐?

　　태희　　예, 뭐, 그냥 이것저것 기록해 놓는 거예요.

태희가 소파로 돌아와 근헌 옆에 앉는다.

　　태희　　(말을 이어가라는 고갯짓을 하며) 네.

　　근헌　　아니 그러니까, 내 말은, 작품이란 게 그렇잖아, 뭔가 깨닫는

　　　　　　게 있어야 하는데… 니 작품은 뭐랄까, 너무 직접적이라고 해야

　　　　　　할까…

　　태희　　?

　　근헌　　아님 감정적이라고 해야 할까…

　　태희　　(약간 날이 선 상태로 근헌을 바라본다) … 어디가요?

　　근헌　　아니… 막 뛰고 뒹굴고 하는 게, 뭔가 새롭거나 철학적인

　　　　　　메시지처럼 보이는 게 아니라 그냥 자기 감정에 못 이겨서,

태희   (말 끊고) 꼭 뭔가 철학적인 교훈 같은 걸 담아야 하는 건
        아니잖아요.

근헌   아니, 교훈까지는 아니고,

태희   (재차 끊으며) 그거 너무 모더니스트 같은 발언 아니에요?

근헌   어?

태희   (격양되어) 아니, 그렇잖아요. "내가 남들보다 더 잘났고 세상에
        대한 혜안이 대단하니 자, 모두 나의 철학을 보아라!" 이런 것만
        작품이라고 할 수는 없잖아요.

근헌   (당황, 그러나 이내 명료한 태도로) 아니, 내 말은. 너무
        개인적이고 감정적인 것보다 뭔가 다수가 이해할 수 있는 그런
        철학이 들어 있으면 더 좋은 게 아닐까 하는 거지.

태희   (단호하게) 저는, 숨 쉬는 것 같은 게 좋아요.

근헌   (태희를 본다)

태희   왜 있잖아요. 삶의 모습을 닮은 작품. 이 세상 모든 이치를 아는,
        신이 된 듯 해답을 던져주는 게 아니라, 표류하고 또 부딪혀서
        엉망진창인 자신을 그대로 드러내는 거.

근헌, 생각에 잠긴다. 잠시 동안 침묵이 흐르는 무대.

태희   아버지, 저번에 제 작업실 오셔서 진석이 형 그림 보고 하신
        말씀 기억하세요?

근헌   (고개를 들어 태희를 보며) 응? 진석이?

태희   왜 있잖아요. 전에 저랑 작업실 같이 쓰던…

근헌   아, 어, 어.

태희   그때 아버지가 작업실 왔을 때요. 진석이 형 그림 보고, 평가
        했잖아요.

근헌   … 내가? (말해놓고 자기 기억을 더듬는다)

태희   왜, 형이 자기는 어렸을 적 트라우마를 그린다고 그랬더니
        아버지가 신과 철학을 이야기하면서 경험이 너무 좁은 거
        아니냐고 그랬잖아요.
근헌   (잠시 생각한다) 그랬나…

근헌, 말을 잇지 못하자 태희가 차분하게 말을 이어간다.

태희   아니, 아버질 더러 뭐라고 하는 게 아니라요. 그냥… 해결되지
        않는 자기 모순을 풀어 놓은 작품이라도 그걸 모자라다고
        평가하는 것이 아니라… 조금은 공감하고 이해하려는 노력을
        해야 하는 건 아닐까 해서요. 사실 미술이란 게,
근헌   (말을 끊으며) 진석이가 뭐라고 그러던? (진석을 걱정한다)
태희   아니 뭐라고 한 건 아니고… 그냥… (사이) 좀, 실망했대요.
근헌   (작은 목소리로) 그래…
태희   아버지뿐 아니라 요즘 너무 많은 사람들이, 비평을 해야한다는
        강박을 가지고 있는 거 같아요.
근헌   …그것도 그렇지.
태희   저는 좀 아쉽더라구요, 그런 게.

근헌은 연신 고개를 끄덕이다 다시금 생각에 잠긴다.
태희, 그런 근헌의 모습을 바라보다 불현듯 스친 생각에 분위기를 바꿔
가볍게 말을 건넨다.

태희   그래서! 아버지랑 같이 하는 이번 작업이 너무 좋아요, 전!
근헌   ?!
태희   아버지, 간디처럼 찍고 싶다고 하셨나?
근헌   (당황한 듯한 표정으로) 아니, 아니, 그건, 그냥 웃자고 한

얘기고!

태희	왜요. 좋은데. 지금의 아버지와 저를 그대로 담을 수 있을 것
	같은데요. (얼굴에 옅게 미소가 번진다) 좋은 작품이 될 거예요!

근헌	아니, 나는 작품까지는 아니고…!

다급히 손을 내젓는 근헌을 뒤로 하고 태희, 웃으며 소파에서 일어나 촬영
종료 버튼을 누른다.

오후 5시 19분

근헌과 태희, 사뭇 진지하고 심각한 얼굴이다.

태희	간디를 영어로 어떻게 쓰지?

근헌	그냥 '간디' 치면 안 되나?

태희	한글로?

근헌	응.

태희, 휴대폰으로 간디를 검색한다.

태희	어디서 찾아야 되나… 구글?

근헌	그 사진을 내가 옛날에 책에서 본 기억이 나…

태희	그럼 어디서…? 음. (잠시 생각한다)

근헌	아니 갑자기 니 엄마가 어저께 하도 웃길래…

태희	아, 다 얼굴 사진밖에 안 나오는데… (사이) 아! 이거!

근헌	(기쁜 목소리로) 응? 물레 돌리는 거?

태희	네, 있어요!

근헌	(신기한 듯이) 어디 있냐? 사진이?

태희   (자신 있는 목소리로) 구글!
근헌   (이해가 잘 안된다는 듯) 야~ 어떻게 넌 금방 나오냐?

문득, 침묵.
근헌이 잠시 고개를 숙인다.
태희는 혼자 계속 검색을 한다.

태희   아버지, 두 갠데?
근헌   (다시 태희를 바라보며) 응?
태희   이 둘 중에 어떤 거요?
근헌   어… 뭐 난 잘 안 보여 가지고.
태희   이거, 이렇게 두 개 중에, 한 번 봐 봐요.

태희가 근헌에게 핸드폰을 건넨다.

근헌, 안경을 벗고 핸드폰을 얼굴 가까이 코 앞까지 가져간다.

근헌   (핸드폰 화면을 연신 확대하며) 어느 거? 어느 거냐, 이게?
태희   (손가락으로 화면을 가리키며) 이거랑, 이거.

근헌은 태희가 가리킨 사진 중 하나를 클릭한다.

태희   하나는 물레가 더 잘 보이는 거고…
근헌   어! 이 사진인 것 같다.
태희   다른 것도 봐 봐요.
근헌   (다시 폰을 가까이 본다) 이거 닮았고. 어… 이거?

근헌이 사진을 최대한 확대하여 이리저리 살펴본다.

태희 (사진을 가리키며) 이거, 이거! 근데 (갸우뚱) 내가 알기로는
     옆모습인데.
근헌 그러게. 옆모습이어야 맞는데, 이거는.
태희 (근헌에게서 핸드폰을 가져오며) 줘 봐요.
근헌 맞아, 옆모습이어야지. 더 바~싹 말라가지고.

태희는 다시 간디 이미지를 검색하기 시작한다.

근헌 (다리 한 쪽을 잠시 들어 올리며) 발 하나 이렇게 구부리고…
태희 (검색창 스크롤을 내리며) 근데 그 많은 간디 중에 왜
     옆모습을…?
근헌 그게, 내가 간디 책에서 봤던 게 생각나서 그래.
태희 보자, 옆모습이… (연신 스크롤을 내리며) 아… 없는데… 왜 없지.
근헌 (태희를 가만 바라보다 이제 그만 하라는 듯이) 그냥, 내가
     우스갯소리로 한 거야. 나는 그… 물레 돌리는 거를 연출해서
     찍고 싶은 게 아니라, (그냥)
태희 (근헌의 말을 끊으며) 그건 알죠.
근헌 응… 그냥 그런 류의 사진 하나 찍어 보면은,
태희 (말 끊으며) 근데 어떤 분위긴지 대충 알아야지… 너무 그냥
     이렇게는, (거실을 둘러보며 적당한 말을 찾는다) … 좀.
     허접하잖아요.
근헌 그렇지.
태희 아무튼 일단은 그냥 해보는 거예요. 뭐든 일단 해보면, 또
     다른 게 생각나곤 하거든요. 나도 맨날 그래요. (계속 검색창
     스크롤을 내리며) 항상 보면… 뭔가 이렇게 한방에 모든 걸 다 할

수 있게는 안 되더라고요.

근헌   (끄덕이며) 그렇지.

<u>(음악) 1막이 끝나는 음악</u>

태희, 휴대폰으로 사진을 찾아서 보여주고 근헌과 의견을 주고 받는
모습들이 배경음악과 함께 계속된다.

두 사람 어느새 소파 가까이에 와 있고, 어떻게 보면 제법 함께 작업 중인
동료 같기도 하다. 태희가 핸드폰을 근헌에게 건네고는 소파에서 일어나
촬영 종료 버튼을 누른다.

암전.

2

제2막

암전 상태의 무대

(E.) TV소리

정치에 관한 토론 프로그램 속 격양된 양측의 목소리 F.I.

뒤이어 무대 서서히 밝아진다.

2020년 3월 23일 월요일
오후 1시 15분

태희가 삼각대와 카메라 가방, 그리고 작은 조명을 손에 들고 등장한다.

태희는 뚝딱 세팅을 마친다.
카메라 촬영 버튼을 누르고 허기진 듯 주방으로 가면,

근헌은 혼자 소파에 앉아 TV를 보고 있다.
일상을 찍는 것에 익숙해진 듯 전보다 편안한 태도다.

한 채널에서 정치에 관한 토론이 한참 진행 중이다. 소파 바로 앞에 놓여
있는 테이블 위에 리모콘과 접시가 가지런히 놓여 있다. 접시에는 떡
한 점과 홍시 한 개, 젓가락, 그리고 그 옆에는 뉴케어 250ml 한 팩이
놓여있다. 근헌이 TV를 보며 식사를 시작한다.

태희   (무대 밖에서 큰 소리로) 어머니 빵 가져 가셨어요?

근헌   (떡을 한입 베어 물며) 아니.

태희   (무대 밖에서) 없는데요?

근헌   (급하게 떡을 삼키며) 응? 빵?? 거기 저기 뭐냐, 창문 있는 데
      있어!

근헌은 소화가 안 되는 듯 인상을 쓰며 답답한 트림을 한다.

태희   (무대 밖에서) 팥빵 좀 드셔 보실래요? 팥빵은 드셔도 되지
      않아요?

근헌   (계속 불편함이 있는 상태) 아니야, 이거면 됐어.

TV토론에 나오는 패널들의 언성이 높아지자 근헌은 기분이 안 좋은 듯
먹던 떡을 내려 놓고 뉴케어에 빨대를 꽂아 마시기 시작한다. 그 사이
태희가 빵을 한 개 들고 와서 근헌 옆에 앉는다.

근헌   (뉴케어를 테이블에 내려놓으며) 저 새끼 저거, 어떻게 하면
      여당을 까는지를 연구하는 놈이야, 저거.

태희, 빵을 가득 베어물고 TV를 본다. 근헌도 홍시를 집어 들고 꼭지를
딴다.

근헌   지는 중립인 척~하면서.

태희   (빵이 입 안에 있다) 가습기는 어때요?

근헌   응?

태희   가-습-기.

근헌   다찌?

서로가 서로를 이해 못 하고 잠시 쳐다본다.

　　태희　(빵을 입에 물고) 가스읍기. 가스읍기.
　　근헌　뭐?
　　태희　(빵을 삼키고) 가습기요.
　　근헌　(TV 보느라, 무심한 목소리로) 어, 좋아.

근헌의 시선은 TV에 있고, 젓가락을 들어 홍시를 조금씩 집어 먹기
시작한다.

TV에는 복당한 정치인에 대한 토론이 진행 중이다.

　　태희　(집중하는 아버지를 물끄러미 보다 TV를 가만히 보고)
　　　　　야당에서 나간 애들은 다 돌아왔어요?
　　근헌　어.
　　태희　치… 도대체 왜 나간 거야?
　　근헌　(집중해서 TV를 보고 있다)

태희가 일어나 주방에서 빵을 봉지째 가지고 와 다시 근헌 옆에 앉는다.

　　태희　달긴 좀 달다. (빵 하나를 근헌에게 내밀며) 좀 드실래요? 반만?
　　근헌　(소화가 안 되는 듯 인상을 쓴 채) 아니야, 됐어. 너 저기
　　　　　사이다도 먹어.
　　태희　됐어요.

근헌은 콧물이 계속 흐르는지 두루마리 휴지를 집어 연신 코를 푼다.
태희, 근헌이 보던 모습처럼 앉아 집중해서 TV를 본다.

태희   저거, 솔직히 물갈이 하려고 그러는 거잖아요.

근헌, 대답 대신 계속 코를 풀다가 이내 지친 듯 더 이상 TV토론에 흥미가
없다. 먹은 그릇을 챙겨 일어나 주방으로 간다.

뒤이어 태희도 일어난다. 촬영 종료 버튼을 누르고 뒤따라 무대 밖으로
나간다.

무대에는 TV만 남아 있다. 여전히 격양된 목소리가 흘러나오고 있다.

(E.) TV소리,

서서히 F.O.

무대도 서서히 어두워져 짧은 암전.
다시 조명이 켜진다.

오후 1시 25분

근헌은 기운 없이 소파에 누워있다.
태희가 카메라 촬영 버튼을 누른다.

근헌   (피곤한 목소리, 묻지도 않았는데 말하는 중) 아까 오전에
         상현네가 왔었어. 애들 다 데리고.

상현은 근헌의 조카이자 태희의 사촌형으로 성공한 장의업자이다.

태희   (시큰둥한 말투로) 웬일로 다 왔대요?

근헌   그냥 뭐 엄마한테 약 받으러 왔다가 겸사겸사 들린거지.

태희   제대로 쉬지도 못했겠네요.

근헌   아냐 뭐… 괜찮아.

태희가 근헌 곁으로 가 앉는다. 태희가 근헌의 수면양말을 벗긴 후 왼발을
주무르기 시작한다. 근헌이 다시금 눈을 감는다.

침묵

태희가 근헌의 왼발에 수면 양말을 씌운 후 오른발을 주무르기 시작한다.

근헌이 눈을 뜬다.

근헌   참, 상현이가 가족묘 이장하자고 얘기하던데.

태희   (발을 주무르며 관심이 없는 말투로) 그래서, 옮긴대요?

근헌   (놀란 표정을 지으며) 너가 상현이하고 통화하지 않았어? 너랑
       이미 얘기된 거라고 하던데?

태희   통화했어요. 이번에 새로 만드는 추모공원으로 이장하자고
       그러던데요. 분당 어디쯤?이라는 것 같던데…

근헌이 약간은 상기된 표정으로 태희를 바라보고는 힘들게 몸을 일으켜
소파에 걸터 앉는다. 태희는 발주무르기를 멈춘다.

태희   근데, 작은아버지가 좀 반대를 하나 봐요. 함부로 옮기는 거
       아니라고. (사이) 아버지는 어떤 거 같으세요?

근헌   (오른발에 수면 양말을 신으며) 니 생각은 어떤데?

태희   친한 선배가 별도 비용 없이 다 해준다고 하고 또 분당이면

지금보다 서울하고 가깝고, 또 뭐냐, 상현이 형이 다 알아서
하겠다고 하니깐…

근헌   (태희의 말을 끊으며) 뭐?

태희   뭐 일단 알았다고 했어요.

근헌   (약간은 격양된 목소리로) 야! 그래도 니가 장손인데!

태희   (근헌을 쳐다보며 당황한 목소리로) 아니 뭐 아직 확실한 것도
아니고, 갑자기 물어보니깐…

근헌   (보다 높은 목소리다) 그래도 그거, (사이) 원래 니가 해야 하는
일이야!

태희   (약간 짜증이 나서) 아니 그게… 뭐, 이렇게 하면 어떻겠냐고
그냥 물어 본 거잖아요. (사이) 그리고 그 추모공원 아직
착공도 안 해서 언제 지어질 지도 모르고, 또 뭐냐, 아무리 친한
선배래도 세상에 누가 그걸 돈 한 푼 안 받고 그냥 해 줘요?
그리고! 그렇게 갑자기 옮기자고 하니까는,

근헌   (다그치는 목소리로) 아니, 그래도,

태희   (근헌의 말을 끊으며) 전 상현이 형 하는 말이 허풍 같아 보여서
일단 알았다고 한 거예요.

근헌   (인상을 쓰며) 넌 꼭 그렇게 상현이를 삐딱하게 보더라.

태희   아니, 삐딱하게 보는 게 아니고… 그렇잖아요. (사이) 솔직히 그
집하고 엮여서 좋은 일이 있었어요? 옛날에도,

근헌   (태희의 말을 끊으며 격양된 어조로) 그건 나 때 일이고, 너희는
그러면 안 되지! 니가 장손인데!

태희   …

근헌   넌 꼭 니가 좋아하는 사람하고만 어울리려고 그러더라. (사이)
사회 생활 하려면, (갑자기 말을 삼킨다)

침묵

근헌과 태희는 각각 다른 곳을 바라본다.

　　　근헌　　(낮은 목소리로) 너를 보면…
　　　태희　　(근헌 쪽으로 고개를 돌리며) 네?
　　　근헌　　너를 보면 항상 조마조마해.

태희가 근헌을 바라본다.
근헌은 바닥을 바라본다.

둘은 아무 말이 없다.

근헌이 일어나 방으로 들어간다.
태희, 멈춘 듯 소파에 있다가 일어나 무대 밖으로 나간다.

잠시 암전.

오후 1시 56분

다시 무대 밝아지면,
근헌이 양주가 든 케이스를 들고 들어온다.
태희가 그 뒤를 따르며 근헌을 말리려는 듯,

　　　태희　　아니~ 요즘은 그런 거 안 해요.
　　　근헌　　뭐, 꼭 주라는 게 아니라… 혹시 모르잖아?
　　　태희　　아니, 나는 그냥,
　　　근헌　　(태희 말을 안 듣고, 자랑스러워하듯 케이스를 들어서 보며)
　　　　　　　이거 이모가 옛날에 일본에서 오면서 사다 준 거야.

태희   (소파에 앉으며) 그러니까 그냥 혹시나 해서 물어 본 거지, 꼭
        드리려고 한 건 아니라니깐요.

근헌이 양주 케이스를 테이블 위에 올려 놓고 태희 옆에 앉는다.

근헌   아니, 술을 좋아하신다며.
태희   아버지 때랑 다르게 요즘에는 이런 거 드리면 안 돼요. 큰일 날
        수도 있어요.
근헌   뭐 정 그러면 선물 말고, 그 뭐냐… (잠시 생각한다) 그냥 술
        한잔 하자고 해서 같이 마시면 되잖아. 그래도 사회 생활 하려면
        윗사람한테 이런 것도 좀 챙겨 드리고 또 같이 술도 먹고
        그래야지. 아무 것도 없는데 그냥 너를 써줄 것 같아?
태희   (단호한 말투로) 아버지도 술 못 드셨잖아요. 그리고 저 술 안
        마셔요. 그럴 시간도 없어요. 이거 아버지 친구분 드리세요.

근헌은 듣는 둥 마는 둥 술병을 꺼낸다. 오래된 발렌타인 21년산 양주가
두꺼운 종이 재질의 케이스에 담겨 있다. 케이스의 위아래는 양철로 되어
있다.

근헌   (웃는 얼굴로) 이거 비싼 거야.

근헌이 테이블에 술병을 올려놓고 케이스를 닫으려 뚜껑을 들다 말고는,

근헌   (당황하며) 어!
태희   ?
근헌   (케이스 뚜껑을 보면서) 여기 녹이 슬었네!
태희   (급하게 고개를 돌려 술병을 바라보고 근헌에게 바짝 다가서며)

술병에요?

근헌   아니, 이거, 이거.

근헌이 태희에게 뚜껑을 내밀면 태희, 유심히 바라본다.
뚜껑을 이리저리 살피다가 입으로 바람을 불고 손으로 문질러 본다.

근헌   (근심 어린 표정으로 태희를 바라보며) 괜찮을까?
태희   괜찮아요. 뭐 뚜껑에 마실 것도 아닌데.

태희가 뚜껑을 테이블에 올려놓고 소파에서 일어나 주방으로 걸어간다.
근헌은 양주를 다시 케이스에 넣어 테이블에 올려놓는다.

근헌   저기 뭐냐 쇼핑백, 거기 주방서랍에 보면 많아. 거기에 넣어
       가면 돼.
태희   (못 이기는 듯) 괜찮다니까 진짜…

태희가 걸음을 멈추고 돌아서 근헌을 바라본다.

태희   근데 진짜 아버지 필요 없어요?
근헌   (들뜬 말투로) 아이 그럼~~!

태희, 얼른 양주를 챙겨 나간 사이, 근헌이 태희가 가져온 촬영 장비들을
쳐다본다.

근헌   (태희가 있는 방향에 대고) 오늘 일 했냐? 뭘 이렇게 바리바리
       가져왔냐?
태희   (멀리서 적당히 대답한다) 네~

근헌   저녁 먹고 갈 거냐? 좀 있다가 엄마 올 텐데.

태희   네~ 봐서요.

태희, 주방에서 커피 한 잔을 들고 와 근헌에게 건넨 후 근헌과 조금 떨어진
자리에 앉는다. 둘 사이에 쿠션 한 개가 놓여 있다.

커피를 받아든 근헌, TV를 켠다.
TV에는 여성의 저조한 정치 참여도에 관한 방송이 흘러나온다.

테이블 위에 놓인 근헌의 핸드폰이 울린다.
근헌, 전화를 받는다.

근헌   (씩씩하게) 어~ 우성아. 어. 별일 없어. (사이) 어어. 좀, 배
        아프고 힘들어서. 어. 쪼~금 전에 뭐 좀 먹었어. 괜찮아.

태희는 뻘쭘하게 앉아 있다.

근헌   아니. 양도 좀 문제지만 자꾸 종류가 바뀌니까. (사이) 어.
        싸인 받고 주는 마약성 진통제. (사이) 어. 두 종류. 하나는
        속효성이고 하나는 지속성 있는 거.

근헌이 상대의 말을 응, 응, 하며 듣는 중. TV에서는 어린이집 학대 사건에
대한 뉴스가 나온다.

<u>(E.) 뉴스, 사건에 대한 인터뷰</u>

태희   (리모컨을 찾으며) 어휴~ 너무 끔찍하다.

태희가 리모컨을 찾아 음소거 버튼을 누른다.
근헌은 여전히 통화 중이다.

근헌   괜찮아. 좋아. 날씨 좀 풀렸냐? 냉이는 많을 것 아냐? 어휴~ 냉이
된장국 먹고 싶다. (멋쩍게 웃으며) 에헤이~ 아니 말로만… 밥 못
먹은 지가, 한 6개월은 된 것 같다. (사이) 알았어. 염려하지 마.
나중에 전화할게. 오케이! 알았어. 좀 쉴게. 어어.

근헌은 전화를 끊는다. 태희가 다시 TV볼륨을 높인다.
TV에는 스포츠 뉴스가 흘러나온다.

<u>(E.) 뉴스, 올림픽에 대한 내용</u>

태희   누구예요? 작은아버지?
근헌   어, 어.
태희   뭐래요?
근헌   어, 뭐… 그냥.

근헌은 더욱 더 소화가 안 되는 듯 트림을 크게 하며 인상을 쓴다.
태희는 그런 근헌의 행동을 애써 외면한다.

둘은 잠시 TV를 멍하니 바라본다. 나란히 앉은 모습이 좀 닮아 보인다.

근헌   (문득) 꺼도 돼, 테레비. 나 테레비 안 봐. 하루 종일 안 보는데
청소한다고 오랜만에 틀어놓은 거야.

태희가 TV를 끈다.

근헌   테레비 안 봐. 엄마 들어오면 그때나 보지.

태희   그러면 심심하잖아요.

근헌   아니 테레비 보면 머리 아퍼.

태희   좀 시끄럽죠.

태희가 소파에서 일어나 주방으로 간 후 라디오를 켠다.

(음악) 콰이강의 다리

경쾌하게 음악이 울려 퍼진다. 태희가 다시 거실로 돌아온다. 근헌이
미소를 띠고 음악을 듣고 있다.

태희   어떻게 찍으실 거예요?

근헌   (음악 감상에 빠져) 콰이강의 다리네.

태희   응?

근헌   콰이강의 다리야.

태희   (소파에 다시 앉으며 노래를 부르듯이) 모르는 노래입니다~~

근헌   (놀란 표정으로) 모른다고?? 콰이강의 다리를? 알렉 기네스
         나오는 거!

태희는 관심 없다는 듯 촬영용 카메라와 마이크를 만지작거리기 시작한다.
근헌은 한동안 노래를 들으며 생각에 잠긴다. 밝고 경쾌한 음악이 집안
전체에 울려 퍼진다.

근헌   (테이블 위를 가리키며) 여기 앞에 과자 같은 거 치우지 않아도
         돼? 지저분한 것 같은데.

태희   상관없어요.

태희, 졸린 듯 연신 눈을 비비고 잠시 생각하다가 거실 왼쪽 벽에 걸려있는
대형 가족사진을 바라보자 근헌도 따라서 사진을 쳐다본다.

태희   잘 나와도 크게는 못 뽑을 걸요. 저 정도는 안 되고. 그냥

         조그맣게. 한 A4? 아님… (양손으로 작은 네모를 만들어 보이며)

         이렇게 작게 뽑아도 예쁠 것 같아요.

근헌   (태희를 유심히 쳐다보며) 응? 뭘 뽑는데?

태희   (황당하다는 듯이) 아버지 사진이요.

근헌   응?

태희   간디 사진 찍는다면서.

근헌   (고개를 끄덕이며) 아~ 그럼 지금 그거 찍는 거야?

태희   (단호하게) 네! 그거 찍으러 온 건데?

근헌   어… 그럼 옷 갈아입어야 하잖아!

태희   (근헌을 바라보며) 뭘 갈아입어요. 그냥 편안하게 찍으면 되지.

근헌   (미심쩍은 듯한 목소리로) 그냥?

태희   네.

근헌   (자신의 옷을 집어 보이고 웃음을 지으며) 근데 너무

         허름하잖아.

태희   (웃음을 지으며) 어차피 벗고 찍으실 거 아니에요?

근헌   아~

둘은 함께 웃는다.

태희   그 사진 비슷하게 찍어 보고 싶다고 그러셔서,

근헌   아이, 뭐 그거는 덤이고.

태희   덤? 아니 뭐~ 딱히 생각도 안 나고 그래서 그거나 하나 찍어서

         출력해 드리려고요.

근헌   (웃는 얼굴로) 어~

라디오에서는 여전히 콰이강의 다리가 흘러나온다.
둘은 한동안 음악을 들으며 아무 말도 하지 않는다.

태희   그래서 뒤져 봤어요.
근헌   응?
태희   사진을 뒤져 봤다고요.

태희가 핸드폰을 찾기 위해 소파에서 일어나 주방으로 간다.

태희   책이 있더만. 아버지가 그 책을 보신 거 같던데?
근헌   어, 어. 이렇게 쭈그리고 앉아가지고 한 쪽 무릎 세우고…

태희가 핸드폰을 찾아 원래자리로 돌아와 앉는다.

태희   근데 '간디의 물레'라는 책이 있어요. 알고 계셨어요?
근헌   어, 그럼. 옛날에 뭐…
태희   (근헌의 말을 끊고) 근데 그거 99년에 나온 책이던데?
근헌   (당황한 듯 잠시 생각하다가) 음… 옛날에도 있었어. 70년대에도
        있었고.
태희   (단호하게) 그건 아마 백과사전 이런 거고.
근헌   어어… 자서전 같다. 난 잘 모르겠네.
태희   (근헌의 말을 이어 받아) 자서전이나 역사기록서 같은 거고…
        실제로 '간디의 물레'라는 책이 있더라구요.

태희는 자신이 다운 받아온 사진을 본다.

근헌   그게 완전 역광이 아니라, 약간… (적당한 단어를 생각한다)
       옆-광으로 찍은 건데.
태희   그래요? 아버지가 사진은 저보다 더 잘 아시니까요… (폰을
       건네며) 여기서 한번 찾아보세요.
근헌   (안경을 벗고 핸드폰을 가까이 쳐다보며) 그래… 이런, 이런
       사진이야.
태희   옆으로 쭉쭉 넘겨 보세요. 한 10장 정도 찾았어요.
근헌   (기쁘게 웃는 얼굴로 사진을 넘기며) 맞어, 맞어.
태희   꼭 이대로 안 찍어도 되는데,
근헌   아이 그럼~ 난 이거처럼 찍자는 게 아니라.
태희   (근헌의 말을 끊으며) 아니, 근데 분위기가 후광이 좀 있으면,
       그니깐 밝은 게 뒤에 있으면 좀 더 멋지게 나오지 않을까
       싶어서요. 안 그러면 여기, 이것저것 보이는 게 많잖아요.
       그래서 약간 후광이 있고 앞에다가 그거 뭐야… (잠시 생각을
       한다) 그걸 깔면 되지 않을까?
근헌   간디처럼 똑같이 찍는 게 아니라…
태희   그죠!
근헌, 태희   그냥 한번 찍어보는 거지!

둘은 동시에 말하고 서로를 바라보며 웃는다.

태희   근데 흑백이 예쁘지 않아요?
근헌   흑백 예뻐.
태희   어, 흑백이 좀 예쁘더라구요.
근헌   본래 흑백 사진이야 그게.

근헌이 핸드폰을 태희에게 준다.

태희는 사진 하나를 골라 다시 근헌에게 보여준다.

　　태희　　난 이 사진 좋아요.
　　근헌　　(한참을 바라본다) 음… 그 사진도 좋고 그거 옆에 있던 거…
　　태희　　(근헌에게 핸드폰을 건네며) 어떤 거요?
　　근헌　　(핸드폰 사진을 넘기며) 어어! 이 사진도 좋고. (태희에게
　　　　　　핸드폰을 보여주며) 어! 이것도. 이 사진이랑 이 사진.

근헌이 핸드폰을 태희에게 돌려준다.

　　태희　　응… (끄덕끄덕 하며 유심히 본다)
　　근헌　　아니, 뭐, 사실 아무거나 좋아…
　　태희　　그러니까, 약간 주변이 하얗게 나오는 게 예쁘더라구요. 근데
　　　　　　우리 집에 하얀 게 없어요.

갑자기 근헌의 표정이 점점 일그러진다.

　　근헌　　(고개를 숙이며) 어휴~ 또 식은땀 나네… 또…
　　태희　　(근헌을 살피며) 어, 좀 쉬세요… (소파에서 일어나며) 누워
　　　　　　계세요.
　　근헌　　아냐. 됐어, 됐어. 너 앉아 있어.
　　태희　　(소파에 다시 앉으며) 식은땀 나면 안 좋지.

태희는 다시 핸드폰을 쳐다본다. 근헌은 고개를 숙이고 있다.

　　태희　　(웃는 목소리로) 근데 왜 하필 간디? 처음에 좀 놀랐어요.
　　근헌　　(힘 없는 목소리로) 응?

태희가 웃음을 멈추고 근헌을 쳐다본다. 잠시 침묵.
이내 라디오에서 오케스트라가 연주하는 웅장한 클래식 음악이
흘러나온다.

근헌이 천천히 고개를 들고 마른침을 삼킨다.

근헌   아주 옛날 사진 찾아보면, 대학교 2학년 땐가 거기 갔어. 서포리

　　　　해수욕장. (사이) 어… 어디냐면… 덕적도 아냐?

태희   서해안에 있는 거 아니에요?

근헌   어. 요새는 뭐 조금만 가면 될 텐데. 옛날에는 6~7시간 배 타고

　　　　가는 섬이었어. 덕적도 서포리 해수욕장.

태희   어! 거기. 거기 있는데 아니에요? 태안 앞바다 쪽에?

근헌   아니야.

태희   목포 쪽에 있나?

근헌   아니야. 아니야.

태희   더 내려가야 하나?

근헌   완전히 저쪽, 위쪽에 있어.

태희   인천 쪽이요?

근헌   어. 인천 쪽에서 쭉 나가면 있어. 인천 쪽에서 약간 밑으로

　　　　가지만 인천 쪽이야.

태희   (입을 삐쭉거리며) 아~ 강화랑 인천 그쪽? 아, 아니지, 강화는 더

　　　　위지.

근헌   응. 한참 밑이지만, 그래도 그쪽에서 가는 거야.

근헌이 잠시 눈을 감는다.

근헌   거기, 그때 한 50명 정도가 갔는데. 큰~ 몽골텐트 몇 개

들고, 그냥 난리였지. 거기서 집 한 채를 얻어 놓고, 그 옆
해변에다가는 텐트 막 쳐 놓고, 수양회를 3박 4일 했는데,
대학생 때. (잠시 생각하다가) 근데 그때 재미로 미스터 갈비씨
대회를 했거든.

멍하니 듣던 태희가 갑자기 웃음을 터트린다.
근헌도 눈을 뜨고 태희를 바라보며 함께 웃는다.

    태희   우리도 비슷한 거 했는데 미스터 뭐시기.
    근헌   (신이 난 목소리로) 그래서 그 수영 빤스만 입고 이렇게, (한
            팔로 근육을 뽐내는 동작을 보여주며) 이런 모양새로 있는데,
            그때 철승이가 1등했나? 2등했나?

근헌이 상의를 걷어 올리고 자신의 몸을 손으로 더듬기 시작한다.

    근헌   (손으로 자신의 오른쪽 쇄골을 가리키며) 그런데 여기가 하도
            갈비씨여가지고 여기, 뼈에다가 옷걸이를 걸고 (한 팔을 들어
            근육을 뽐내는 포즈를 취하면서) 이러고 있는 거야.

태희가 근헌의 동작을 보며 웃는다.

    태희   대학교 때요?
    근헌   어, 대학생 때.

근헌은 웃는 얼굴로 눈을 감고 생각에 잠긴다.

    근헌   1학년 땐가 아님 2학년 때일 거야. 엄마도 가고.

태희   어! 나 그거 본 것 같은데. 흑백사진! 물 얕은 데 동실동실 떠
        있는 거.
근헌   (가볍게 고개를 저으며) 아니야. 철승이하고 광숙이라고 또
        친구 하나 있어. 그 놈이 2등인가 하고. (사이) 그때는 완전
        갈비씨여가지고.
태희   그래도 그때 먹는 게 막 부족하고 그러진 않았잖아요?

태희가 소파에서 일어나 맞은 편에 있는 책장으로 걸어간다.

태희   그 사진 아마 여기 있을 걸요?
근헌   없어. 옛날 사진 다른 데서 찾아봐야 돼.

태희가 책장을 뒤지기 시작한다.
근헌은 나른한 듯 입을 크게 벌린 채 하품을 한다.

때마침 라디오에서는 근헌의 입모양을 할 법한 여성 소프라노의 노래가
흘러나온다. 근헌의 하품은 마치 여성 소프라노의 노래를 오마주하듯 연신
이어진다.
한참 동안 책장을 뒤지던 태희가 사진 찾는 것을 포기하고 다시 소파로
돌아와 앉는다.

태희   그래서 어떤 포즈로 하세요?
근헌   아니야, 그냥 벗을게. 일단 벗고 찍을래.
태희   서 있으면 너무 좀… 그런 거 같던데.

태희가 창가를 바라보며 멋쩍은 웃음을 짓는다. 근헌은 생각에 잠겨있다.

태희   아 근데, 렌즈를 단렌즈를 가지고 왔어요. 그래서 저번에는 왜
        사람이 불룩하게 보였잖아요. 그러니까 뭐지… 머리가 크고
        다리가 짧게 보였잖아요.
근헌   (갑자기 생각이 떠오른 듯) 근데… 팬티만 입고 찍을까?
태희   (당황한 듯) 어… 마음대로 하세요.
근헌   아니, 한 장 정도는.
태희   (웃는 목소리로) 어차피 아버지만 보실 거잖아요. 원하시는 대로
        하세요.

근헌이 태희의 대답에 만족한 웃음을 짓는다.

근헌   아니, 니가 포즈 취하라는 대로 할게.
태희   에? 그런 게 어딨어요! 그러지 말고, 그냥 몇 장 찍다보면 답이
        나오지 않을까?
근헌   어.

근헌이 소파에서 일어난다. 태희는 카메라를 향해 걸어간다.

근헌   어떻게 찍을까?

태희가 촬영 종료 버튼을 누른다.

오후 2시 22분

태희가 촬영 버튼을 누른다.

카메라는 창가 쪽을 향하고 있다.

햇살이 쏟아지는 창가에는 일주일 전과 똑같이 수많은 화분이 줄지어 놓여 있고 라디오에서는 잔잔한 클래식 선율이 흘러나온다.

태희는 촬영 준비를 하며 분주히 거실을 돌아다니다 가방에서 조명을 꺼내 소파에 앉아 있는 근헌에게 다가간다.

    태희   조명이 따로 없어서… 이거 밖에 없어요.

태희가 웃으며 철물점에서 산 공사장 용 간이 조명을 근헌에게 보여준다.

    태희   어차피 사진이니깐… 근데 이쪽 화면이 너무 안 예쁘던데.
            (조명을 콘센트에 꽂으며) 일단 찍어볼까요?

근헌이 소파에서 일어나 창가 쪽으로 걸어간다.

    근헌   (창가를 가리키며) 어, 그럼 저쪽에 앉을까?
    태희   잠깐만 기다려 보세요.

태희는 카메라 위치를 계속 조정한다.

    근헌   바닥에 뭘 깔까? 그래야지 좀 그게 될까?
    태희   뭐가요?
    근헌   아니… 뭐래도 될까 해서. 아니냐?
    태희   좀 예쁘게 찍는 게 좋죠.

태희는 거실 옆 창고 방으로 가서 물건 뜰 뒤지기 시작한다.
근헌이 소파로 돌아가 앉으려다 소파 옆에 있는 흰 담요를 발견하고 태희를 향해 소리친다.

　　근헌　　바닥에 흰 마를 깔까?
　　태희　　흰 거?

태희가 근헌이 있는 거실로 나온다.
근헌은 소파 옆에 놓여 있던 흰색 담요를 들어 태희에게 보여준다.

　　근헌　　어. 이거.

태희는 담요가 맘에 들지 않는 듯 다시 창고로 가서 작은 카펫 하나를 꺼내
거실로 돌아온다. 카펫에는 칼을 물고 있는 두 마리의 흰 사자와 화려한
인도식 무늬가 새겨져 있다. 근헌은 담요를 소파 옆에 던져 놓는다.

　　태희　　(카펫을 가리키며) 이게 낫지 않아요? 이거요.

태희는 카펫을 창문 근처 바닥에 깔기 시작한다.

　　태희　　이상한가? 별론가? 너무 스튜디오 같나?
　　근헌　　(약간 떨떠름한 듯한 목소리로) 뭐… 괜찮네. (사이) 아님 그걸
　　　　　　깔까? 저, 그… 돗자리.
　　태희　　돗자리가 낫겠다.
　　근헌　　(기쁜 목소리로) 그치!

태희는 다시 카펫을 말아 창고로 가져가고, 근헌은 돗자리를 찾아
이곳저곳을 돌아다닌다.

근헌   태희야! (손가락으로 거실 한 구석을 가리키며) 돗자리 이쪽에
        있어, 저기 구석에.

태희가 근헌이 말한 쪽으로 가서 돗자리를 가지고와 바닥에 깔기 시작한다.

태희   (돗자리를 정리하며 혼잣말로) 그래도 뭔가 나오겠지, 편하게
        하면 돼.
근헌   그게 깨끗하잖아. 그치?
태희   (떨떠름한 말투로) 깨끗한데… 깨끗하죠.

둘은 말없이 잠시 돗자리를 바라본다.
라디오에서는 때마침 웅장한 교향곡이 흘러나온다.

태희   일단 이렇게 찍어보죠.

태희는 촬영용 카메라를 세팅하기 시작한다. 근헌은 분주히 움직이는
태희를 가로질러 돗자리가 깔려 있는 자리에 가 앉는다. 태희가 카메라
세팅을 마치고 테스트를 위해 셔터를 누르자 근헌이 어색한 듯 카메라를
바라보며 포즈를 취한다. 다리는 양반다리를 꼬기 직전에 멈춘 듯 반쯤
접혀 엑스자로 교차되어 있고 반쯤 누운 상체는 가느다란 양팔로 힘겹게
지탱하고 있다.

태희   (연신 셔터를 누르며) 진짜 어둡게 나오네. 완전 역광은 까맣게
        나오네. 완전 돌이에요. 까만 돌!
근헌   그렇겠지…

태희가 준비해 둔 간이 조명을 가져와 근헌의 얼굴 방향을 비춘다.

태희   이렇게 하면 보이려나? (조명을 바닥에 내려 놓고 각도를
        조절하며) 어차피 사진은 좀…

태희가 휴대용 물티슈와 리모컨 같은 것들을 괴어 조명을 고정하는 동안,
근헌은 포즈를 유지한 채 움직이지 않는다. 태희가 조명 세팅을 마치고
다시 카메라 셔터를 누른다.

태희   (뷰파인더를 확인하고는 멋쩍은 듯) 안 나온다. 아~ 역광을
        살리고 싶었는데.

근헌은 여전히 돌처럼 움직이지 않는다.

태희   아버지가 카메라는 더 잘 알지 않으세요? 전 오토로 밖에 안
        찍어봐서.
근헌   (힘든 목소리로) 어? 나, 잘 몰라.

근헌의 대답에 태희는 다시금 카메라를 조작하며 수차례 셔터를 누른다.

태희   (단념하며) 아… 안 나와, 안 나와, 안 돼, 안 돼.

태희가 촬영을 멈추고 근헌 앞에 놓인 조명을 발로 밀어낸다.
근헌이 포즈를 풀며 긴 한숨을 내쉰다.

태희   (멋쩍게 웃으며) 참나… 얘는 아~무런 소용이 없어. 허허~
근헌   (몸을 오른쪽으로 돌리며) 살짝 옆으로 하면 어떨까? 이쪽으로.
태희   아! 차라리 옆으로 돌리는 게, 아니, 반대쪽으로 돌리는 게 좋을
        것 같아요.

근헌이 몸을 돌린 후 좀전과 똑같은 포즈를 취하고는 움직이지 않는다.

태희가 촬영 종료 버튼을 누른다.

오후 3시 15분

태희가 촬영 버튼을 누른다.

라디오에서는 경쾌한 클래식 선율이 흘러나오고 거실 옆 베란다에서는
태희가 끄는 슬리퍼 소리가 울려 퍼진다. 근헌은 햇빛이 드는 창가 쪽으로
몸을 돌린 채 좀 전과 같은 자세로 꼿꼿이 앉아 있다. 태희는 거실 옆
베란다로 나가 창가 바로 옆에 앉아 있는 근헌을 촬영하기 시작한다.

(E.) 셔터 누르는 소리들

  태희 (촬영을 잠시 멈추고 근헌을 바라보며) 어떻게 해보시겠어요?
  근헌 어?

잠시 포즈를 유지한 채 태희를 바라본다.

  근헌 고개가 어느 쪽이 낫냐? (고개를 좌우로 돌리며) 이쪽이 낫냐?
      이쪽이 낫냐?
  태희 (뷰파인더를 보며) 흠… 좀 더 창가 쪽으로 붙어야 될 것 같은데.
  근헌 어느 쪽으로? 이쪽으로?
  태희 네. 얼굴이 쪼금 더 햇빛을 받는 게 좋을 것 같아요.

근헌이 몸을 살짝 일으켜 창가 쪽으로 이동하려고 할 때 집 전화벨이

울린다.

　　　근헌　(다급하게) 아, 받지 마! 받지 마! 필요 없는 거야.

근헌이 다시금 포즈를 잡는다.
태희가 연신 카메라 셔터를 누른다.

　　　태희　한번 보실래요?

태희가 창가에 있는 근헌에게 다가가 카메라를 건넨다.

　　　태희　잘 안 보이시죠? 안경 빼고 보셔야 될 걸요.

근헌은 안경을 벗고 카메라에 얼굴을 가져다가 보지만 아무런 반응이 없다.

　　　태희　거의 안 보이죠?
　　　근헌　어. 나중에 보자.

태희가 다시 촬영을 위해 자세를 잡는다.

　　　근헌　그냥 여러 장 찍어보자.
　　　태희　근데, 가로 사진 예쁘게 나오는 거 같아요.
　　　근헌　(태희를 바라보며) 이제 벗을까?
　　　태희　네. 괜찮으시면.

근헌이 창밖을 한참 동안 바라본다. 태희도 그런 근헌을 한참 바라본다.

태희   이제 벗어도 될 것 같아요.

근헌   응?

태희   이제 벗고 원하시는 포즈로 계시면 돼요.

근헌이 상의를 벗고 사진에서 본 간디처럼 포즈를 취한다.

햇빛을 받은 근헌의 몸이 하얗게 빛나고 있다. 근헌이 웃는다.

거실에는 카메라 셔터 소리가 가득하다.

<u>(음악) 경쾌한 음악</u>

셔터 소리와 음악이 어우러진다.

음악, F.O. 되면서 막이 내린다. 끝.

부록
단편소설

부록
단편소설

원숭이 남자*
作. 임보람

한여름의 태양 빛이 담을 넘어 반지하 계단 아래의
갤러리 유리문 안으로 길게 들어왔다. 이 시간이면
안으로 들어온 빛이 실내를 한 번 어루만지고 곧 나갈
채비를 할 때다. 입구에서 문을 붙잡고 멍하니 빛을
보고 있자니, 등 뒤에서 목소리가 들려왔다.

"담배 한 대 태우시죠."
D가 돌아보자, 어깨 위에 장난감 앵무새를 매달고
얼굴에는 원숭이 가면을 쓴 태희가 서 있었다.

* * *

갤러리에 들어선 태희가 장난감 앵무새를 어깨에서
떼 내어 창틀에 올려두고, A4 크기의 서류첩을
열더니 정성스럽게 그림을 한 장 한 장 꺼내어
펼친다. 그림 사이사이 끼워 두었던 간지를 아래에
받쳐 놓는 것도 잊지 않는다. 조심스러운 손동작이다.
태희는 같은 크기의 그림들을 테이블 두 개 위에
늘어놓다가, 바닥으로 내려가 또 늘어놓기 시작한다.
"생전 안 그리던 그림을 마흔 장 넘게 그렸어요.
 내가 십 년 넘게 그림 말고 다른 미술 했는데, 이제
 와 그림을 그리게 될 줄이야. 신기하기도 하고."
"왜요, 태희씨 대학 전공은 회화잖아요?"
"그래도 한 번도 그림으로 활동한 적 없어요. 처음
 계획에는 없던 일이지만 그래도 이번에 책을 내게
 되었으니까…."
책이라는 단어를 말하기가 쑥스러웠는지, 태희가
조금 수줍게 웃는다.

"이제 겨우 시작인걸요."
"마치 연극 같군요."
"서커스 같아요."
"뮤직홀 같아요."
"서커스 같다니까요."

D는 책이라는 단어에 흐르는 묘한 긴장감을
애써 외면한다. 태희는 아버지의 생전에 기록해
두었던 두 사람의 대화를 바탕으로 희곡을
한 편 썼다고 했다. 사뮈엘 베케트의 「고도를
기다리며」 같은 희곡이 될 수 있을까 하는
마음이 반이었다고 했다. D는 개인전과 더불어
태희가 쓴 원고를 단행본으로 출간하겠다는,
선언에 가까운 제안을 했다. 고질병처럼 D의
불안하고 무모한 제안이 또 시작되었다.
아무것도 약속할 수 없고 결과를 보장할 수 없는
일을 성사시키기 위한 아슬아슬한 줄타기.

"아무것도 약속은 못하겠다는 거죠."
"생각을 해봐야겠다는 거예요."
"맑은 정신으로."
"가족들하고 의논도 하고요."
"친구들하고도."
"은행 통장하고도."
"그래야 결정을 내리겠다는 거예요."
"그건 당연하죠."
"하긴 안 그렇겠어요?"
"그런 것 같네요."
"내 생각도 그래요."

* * *

업계에서 태희는 원숭이 남자로 알려져 있었다.
그가 모습을 나타낼 때면 항상 원숭이 가면을
쓰고 있었기 때문인데, 아무도 그의 진짜 얼굴을
본 사람이 없다는 것이 여기 이 미술판에
공공연히 떠도는 소문이었다. 평단에서는 그의
기행에 관해 여러 가지 의견을 내놓았다. 어떤
이는 '관습과 훈육으로 형성된 인간성을 지우기
위해 원숭이 되기로서 자유를 갈구한다'고 했고,

어떤 이는 '문명화하지 않은 원초적 행위로서
이성 중심의 사회 질서에 인식의 전환을
불러오기 위한 것'이라 했다. 그와 함께 시립의
창작 스튜디오에 입주해 있었던 모 작가는 그의
이름보다도 '원숭이 남자'를 더 기억했다. 원숭이
가면을 쓴 태희의 퍼포먼스는 육체적이고
본능적인 감각으로서의 몸짓을 경험하길 원했고,
그리하여 원숭이 남자의 존재는 태희를 대변할
수 있었다. 그렇다고 믿었다는 편이 옳겠다.
그러나 언젠가 D가 원숭이 가면을 쓰는 이유를
태희에게 물었을 때, 그의 변은 꽤 명료했다.
"나는 원숭이를 좋아하거든요."

* * *

그날 오후, 태희는 신체와 움직임, 생명력과
기계에 관해 열변했다. 「고도를 기다리며」를
열세시간 낭독하는 동안 빛과 생명력이
소멸되어 간다는 것을, 공중에 매달린 신체의
파편을, 그것이 자신이어야 함을 이야기했다.
결국 「고도를 기다리며」처럼, 「지극히 평범한
하루」는 부조리극이었다. 그리고 극의 주인공은
태희 자신이었다.

몇 시간이 흘렀을까, 창틀에 올려두었던 장난감
앵무새가 갑자기 입을 열고 대화에 끼어들었다.
"나는 블라디미르도 될 수 있고 에스트라공도
될 수 있어. 여차하면 고도씨의 심부름을 하는
소년이 될 수도 있지."

D가 귀를 의심했다.
'지금 저 장난감이 말을 한 거야?'
태희는 아무것도 듣지 못했다는 듯, 태연하게
자신의 이야기를 이어가고 있었다.

“서커스 같군.”
앵무새가 내뱉었다.

D는 이 낡고 눅눅한 반지하 갤러리 안에서 오로지
자신만이 꿈을 꾸고 있는 것이 아닌가 하는 착각이
들었다. 평행하게 뻗어 있는 서로 다른 시공간의
축에서 한쪽에는 자신의 정신과 앵무새만이
존재하고, 자신의 육체와 원숭이 남자는 다른 한쪽에
있는 것 같았다.

앵무새는 쉬지 않고 말했다. 말을 하고 싶어서 안달이
난 것 같았다.
“나는 언제까지고 말을 할 수 있어. 다만 건전지가
　남아있어야 하지.”

D가 물었다.
“이봐 앵무새, 블라디미르, 아니 에스트라공, 아니
　뭐든. 너는 원숭이 남자하고 대화를 할 수 있는
　거야?”
앵무새가 코웃음을 쳤다.
“바보같으니. 나는 장난감이라고. 스스로 말을 할 수
　있을 리가 없잖아. 나는 원숭이 남자의 세계에서는
　그저 그의 말을 흉내낼 뿐이야.”
“하지만 너는 지금 내게 스스로 말을 하고 있어!”
“여긴 너의 세계이니까. 착각과 혼돈의 세계. 불안한
　자들의 세계.”
앵무새가 우갤갤갤 하는 이상한 소리를 내며 웃었다.

장난감 앵무새가 고개를 흔들며 말을 쏟아내는
동안 D는 태희의 말에 도저히 집중할 수가
없었다. 물끄러미 태희의 입이 움직이는 모양을
응시해보았지만 아무 소리도 들리지 않았다. 원숭이
남자는 건너편의 세계에 있는 것이 틀림없다. ‘제발
입 좀 다물어!’ D가 외쳤지만 D의 입에서는 아무

소리도 나오지 않았다. D가 온 힘을 다해 소리를
질렀다. 순간 앵무새가 기기긱하고 기계음을
내며 움직임을 멈추었다. 말도 멈추었다.
‘건전지를 다 쓰고 결국 방전된 것인가?’

이윽고 태희의 목소리가 다시 들려왔다.
“제가 관심 있는 것은 원숭이 되기에요.
　몸짓이라는 것은 에너지의 교류를 통해
　생성되어야 하는데, 원숭이의 본능적 행위는
　자기애적 심리를 반영하거든요. 원숭이의
　행위야말로 호모 아르텍스, 예술적 인간의
　발현이라고요.”

태희의 입이 움직이면 목소리도 흘러나온다.
D는 장난감 앵무새가 말을 멈춘, 태희의 세계로
돌아와 있었다. 불안한 자들의 세계에서 장난감
앵무새가 쉼 없이 고개를 흔들며 떠들었던
것처럼, 이쪽 세계에서는 태희가 쉼 없이 원숭이
남자의 목소리로 말한다.
“나는 동물, 기계, 죽음을 몸으로 체현해요.”
“나는 원숭이가 되고, 사자가 되고, 막대기가
　되었다가, 검은 발로 변해요.”
“몸은 공공의 규칙과 사적인 욕구가 가장
　극렬하게 충돌하는 장이죠.”
“나는 아버지의 몸이 검게 변해가는 걸 보면서
　내 몸이 검게 변하는 환상에 사로잡혀요.”
“아버지의 숨은 날개를 퍼덕이는 비둘기의
　모습을 하고 있어요.”
“내 몸이 비둘기의 모습으로 변해가요.”
“망상은 어쩌면 현실일지도 모르겠어요.”

태희가 이야기를 멈추고 창틀에 놓인 장난감
앵무새를 잠시 바라보다가, 들릴 듯 말 듯
중얼거린다.

"한물간 작가라고 불러도 좋을 것 같아요."
"네?"
"저는 그렇게 불리더라도 상관없어요."

두 사람은 적당한 다음 말을 찾지 못한다. 모든
죽은 자들의 목소리, 날개 치는 소리, 나뭇잎
소리, 모래 소리가 들린다. 침묵 속에서, 모두가
한꺼번에 지껄인다. 저마다 혼자 지껄인다. 아니,
소곤거린다. 중얼거린다. 살랑거린다. 제 인생의
얘기를 한다. 살았던 것만으로는 부족하여, 그
얘기를 꼭 해야 한다.

D가 말한다.
"그만 가요."

태희가 대답한다.
"가면 안 되죠."

D가 고개를 돌려 태희를 본다.
"왜요?"

태희가 D를 가만히 응시하다가 말한다.
"고도를 기다려야죠."

D가 짧게 숨을 쉰다.
"참, 그렇죠."

어느새 황혼이 다가온다. 한풀 꺾인 태양 빛이
오렌지색 담벼락을 비추고, 그로부터 반사된
오렌지색 햇살이 갤러리 창문을 물들이고
있었다.
"기다리기만 하면 되는 거예요."
"기다리는 거야 버릇이 돼 있으니까요."

*이 소설의 대화와 본문의 문장 일부는
사뮈엘 베케트의 「고도를 기다리며」로부터
차용하였음을 밝힙니다.

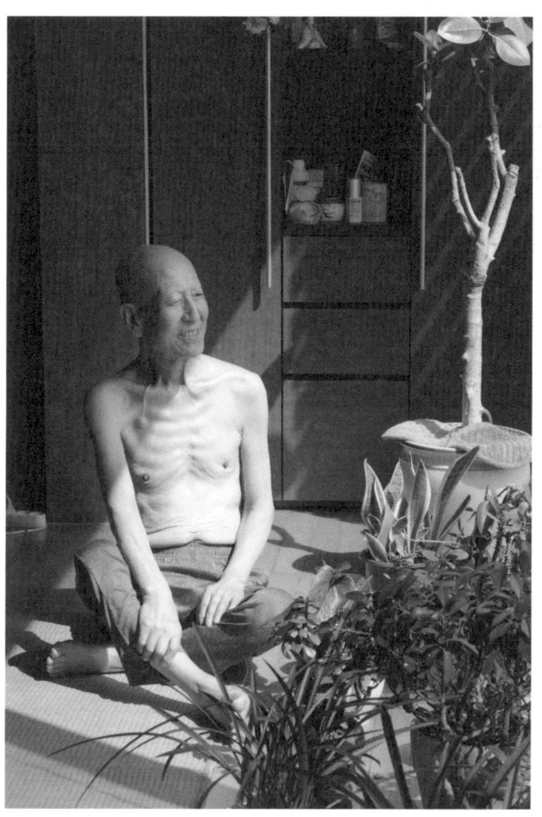

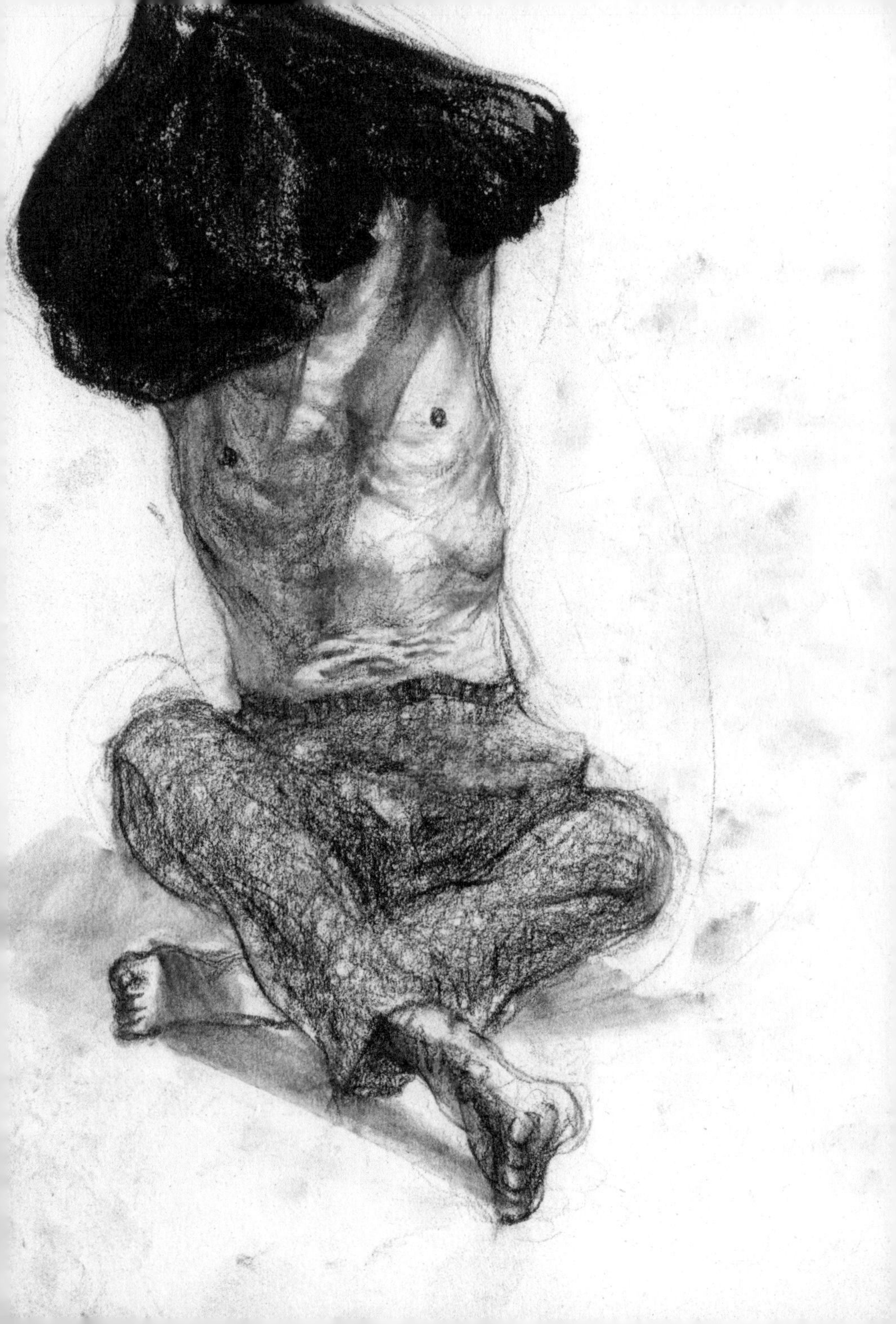

오후 3시 15분

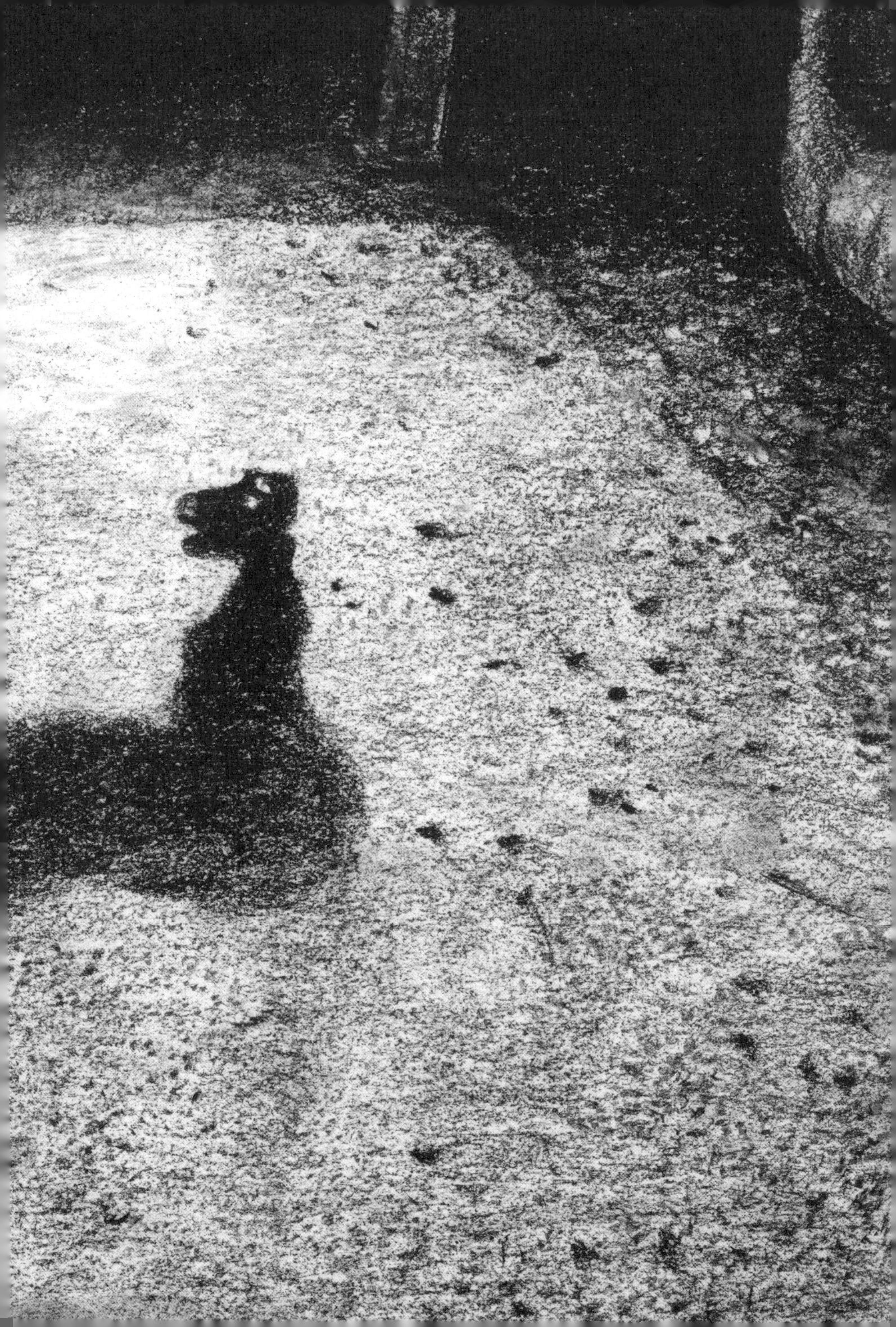

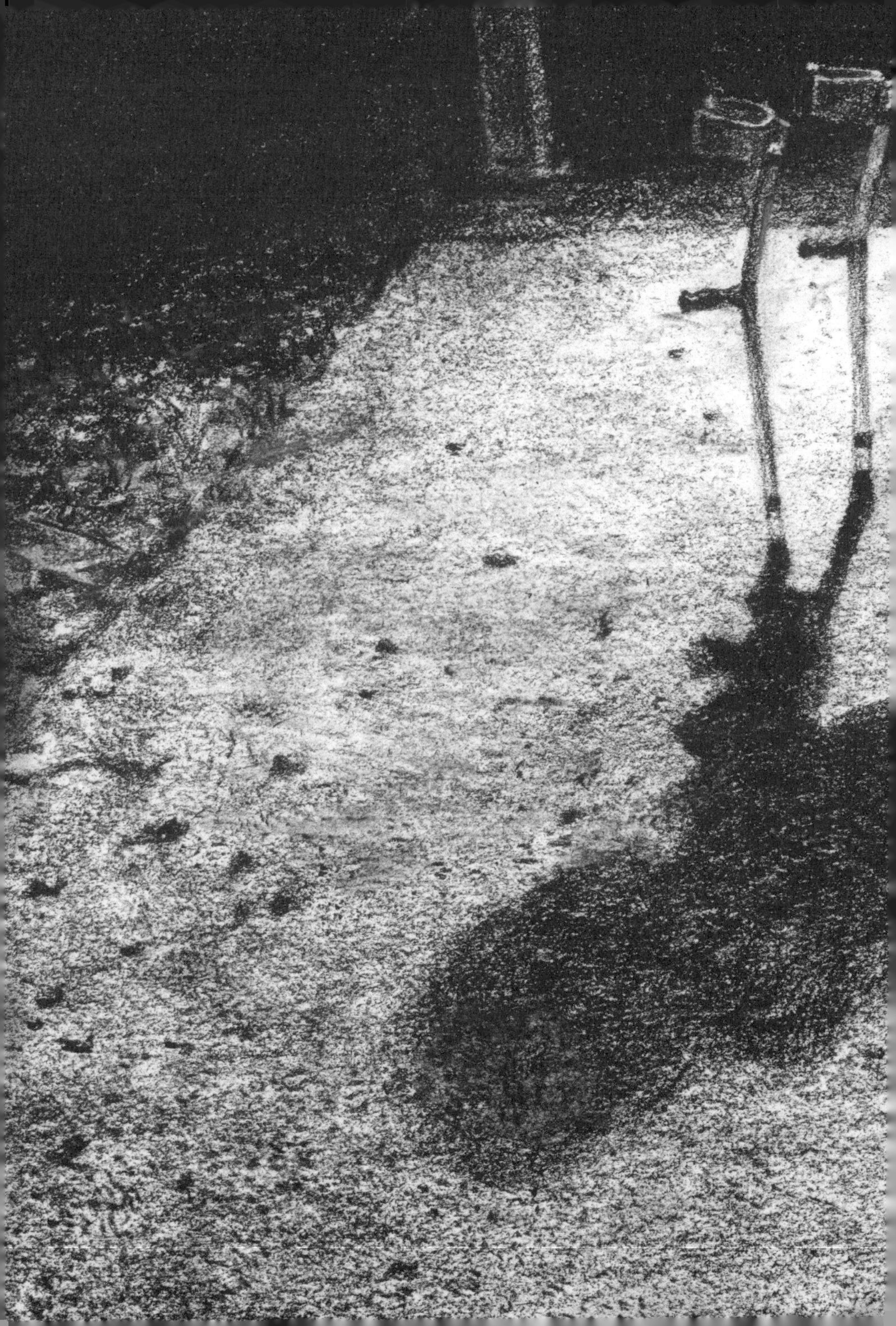

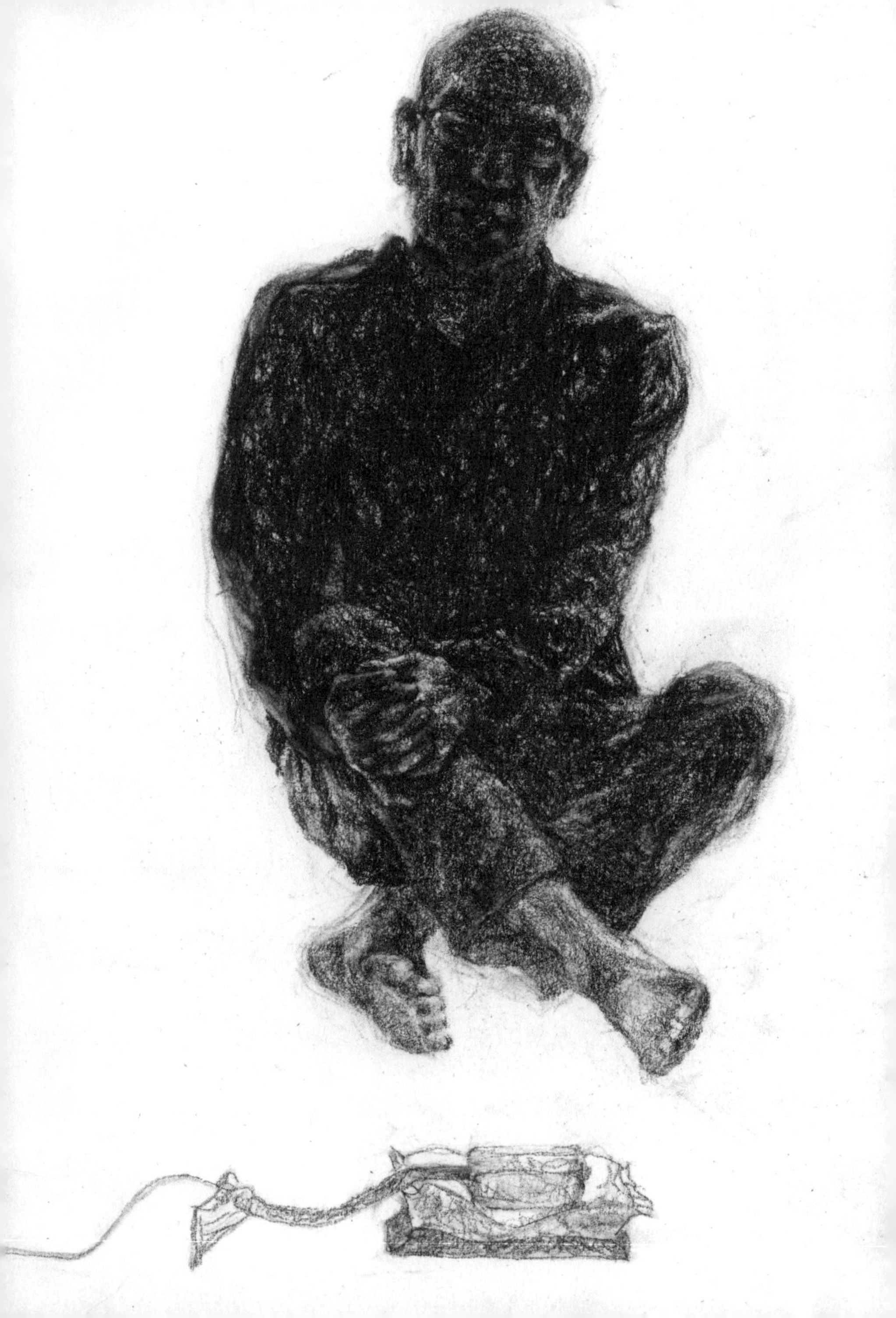

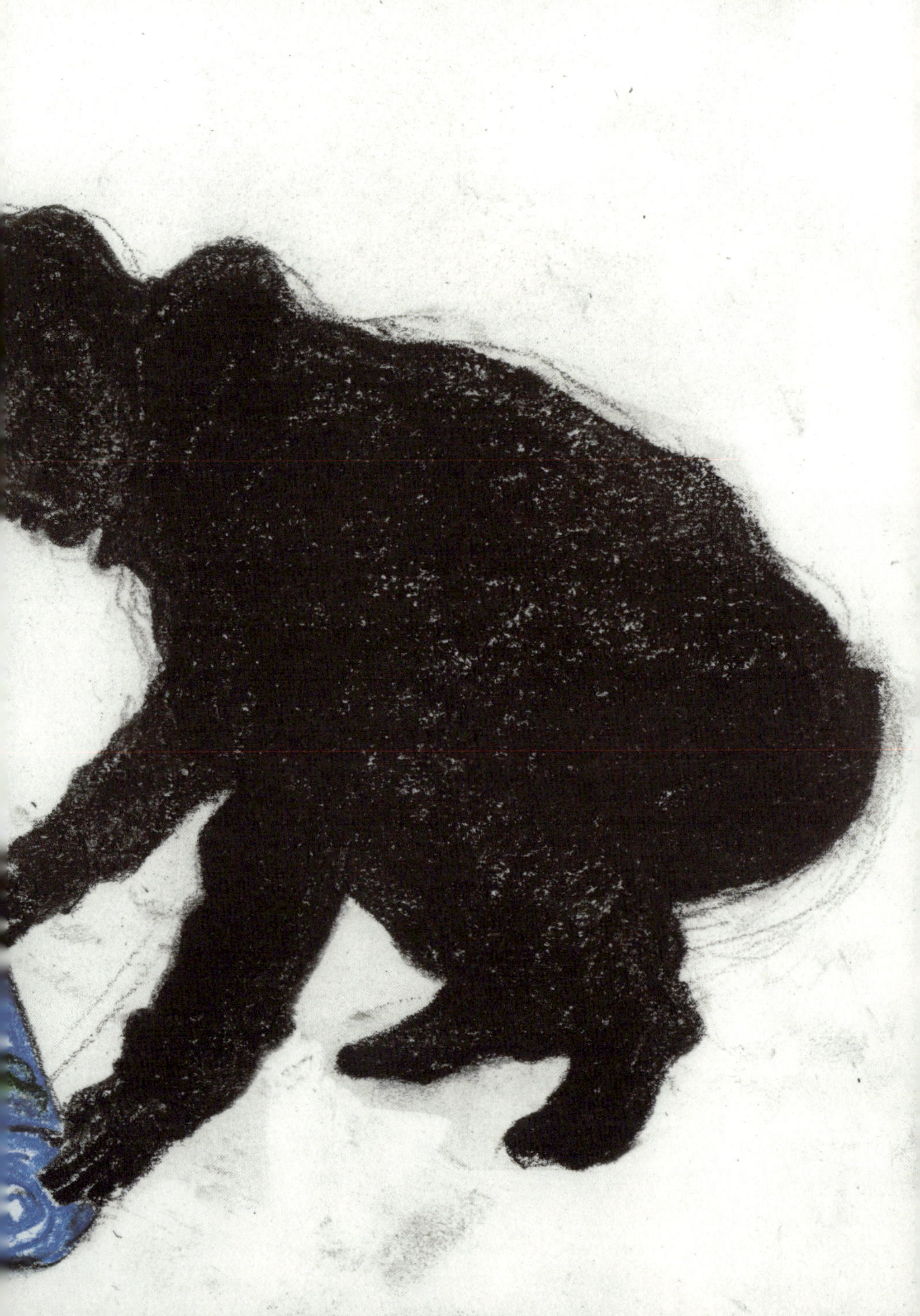

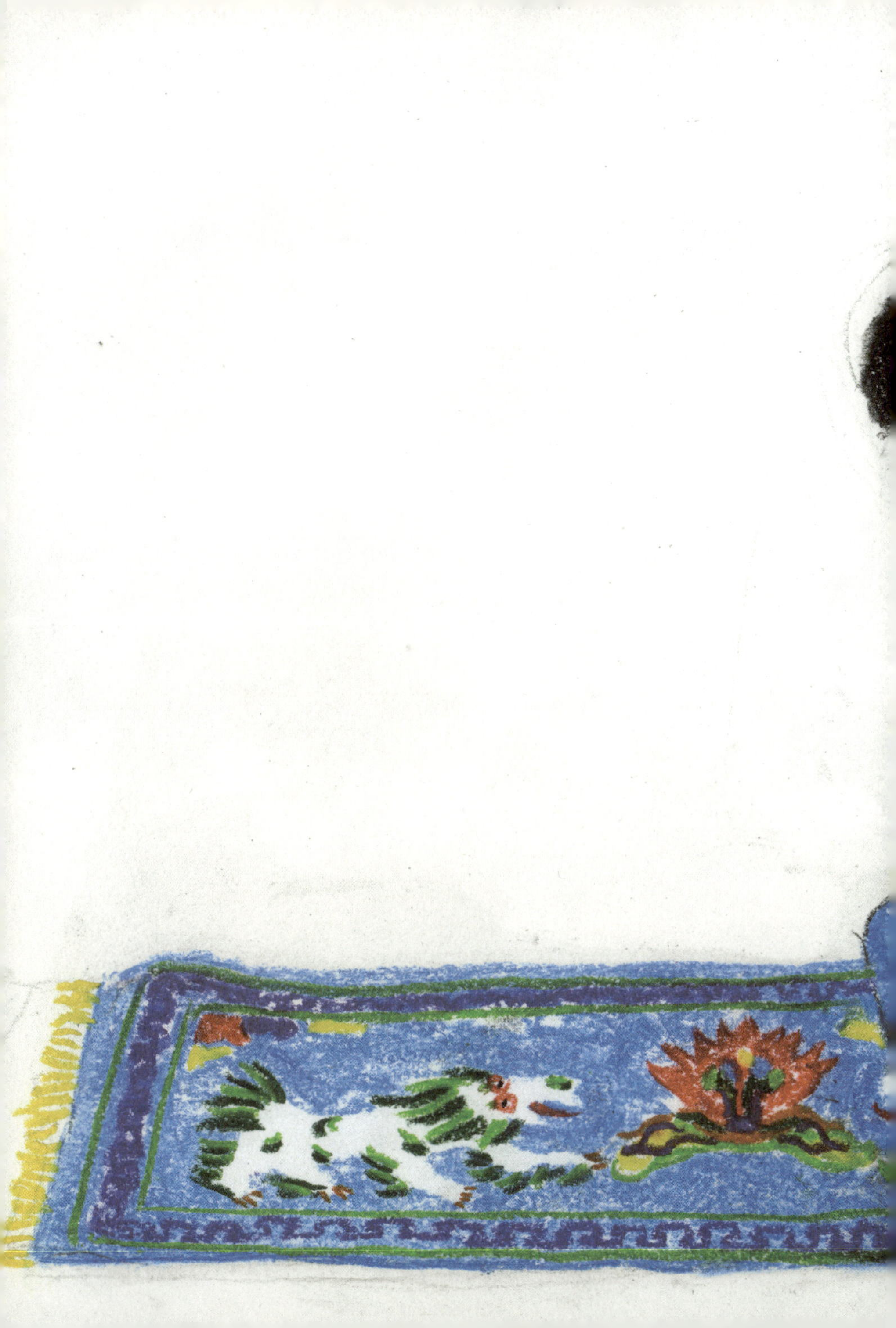

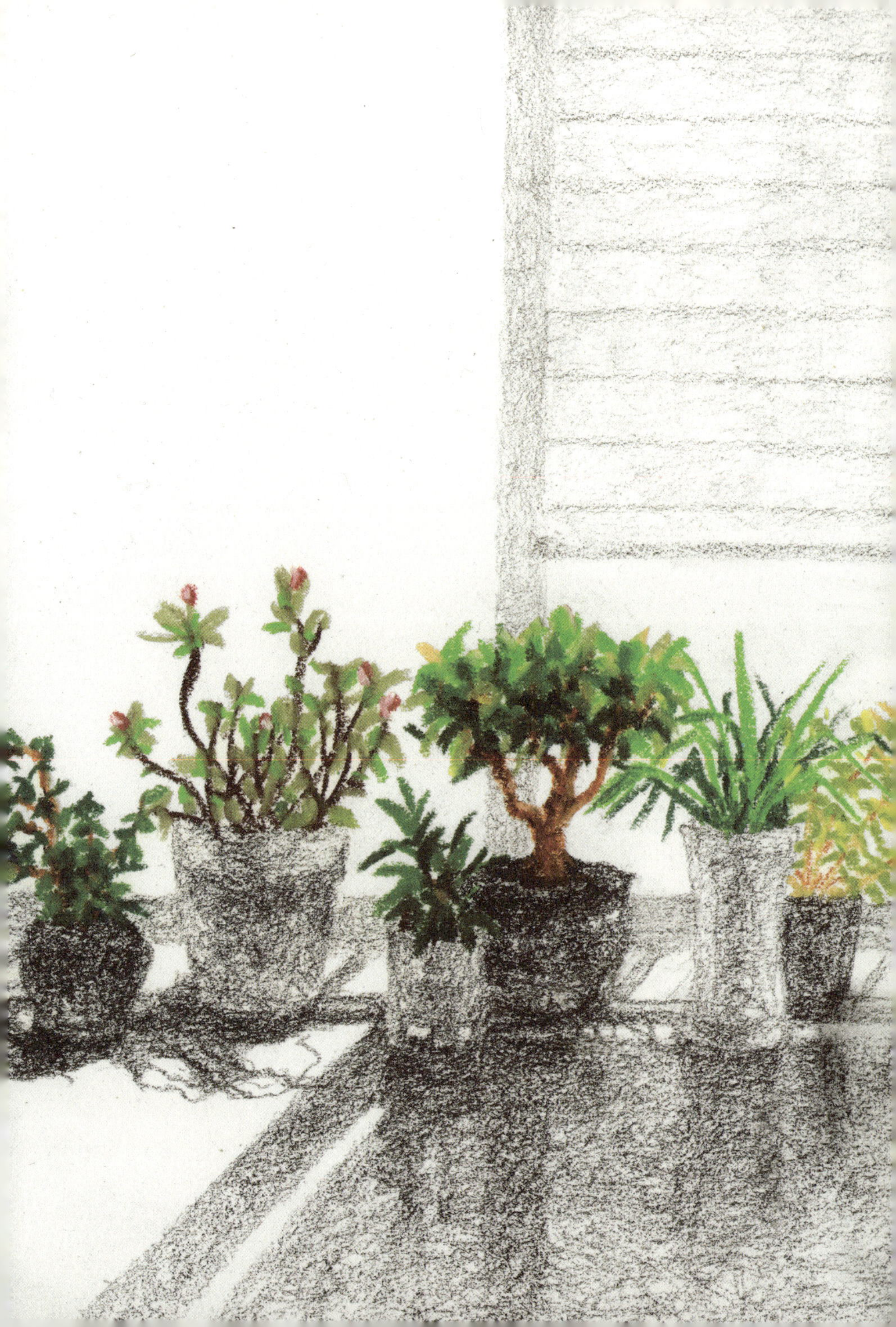

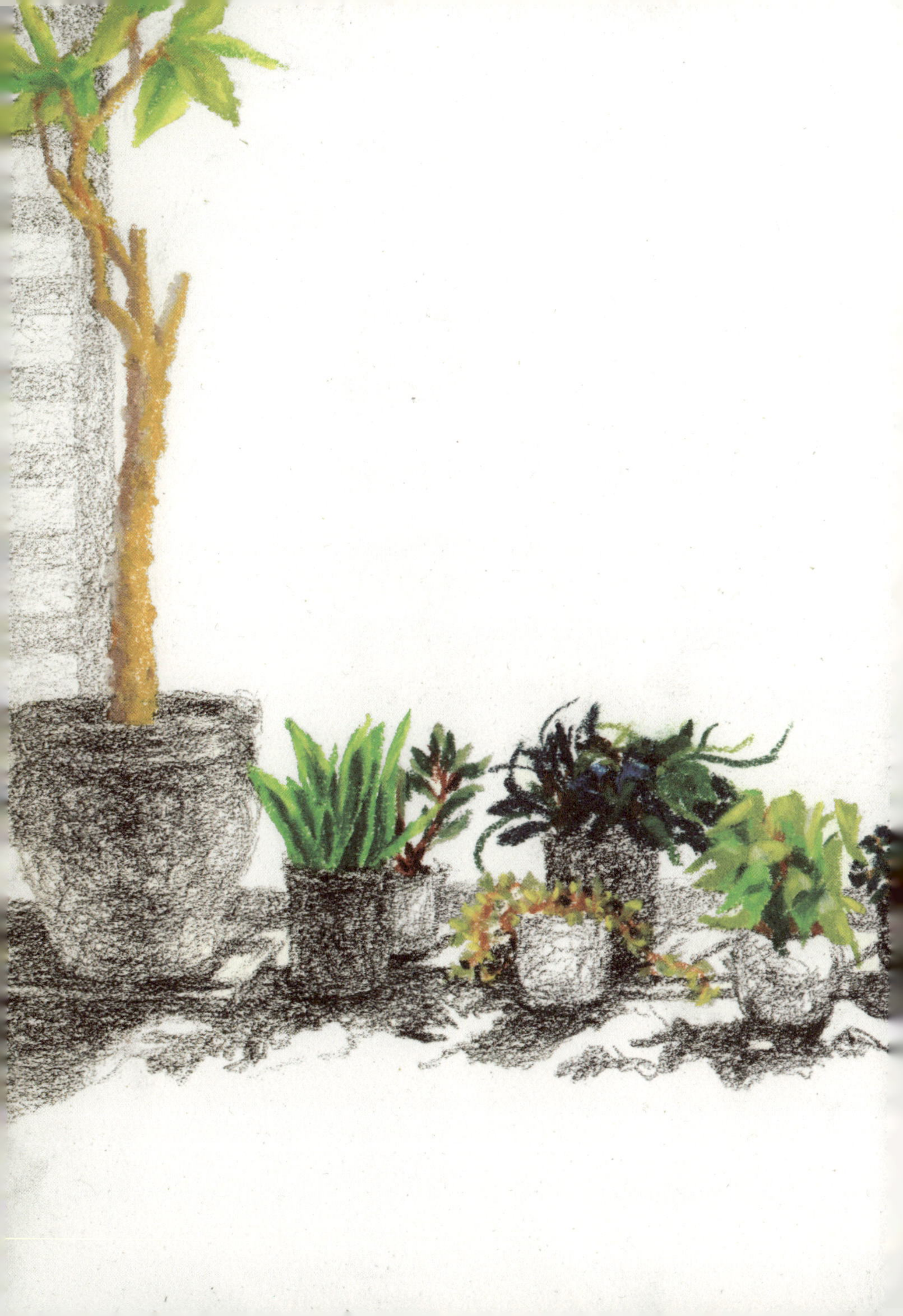

오후 2시 22분

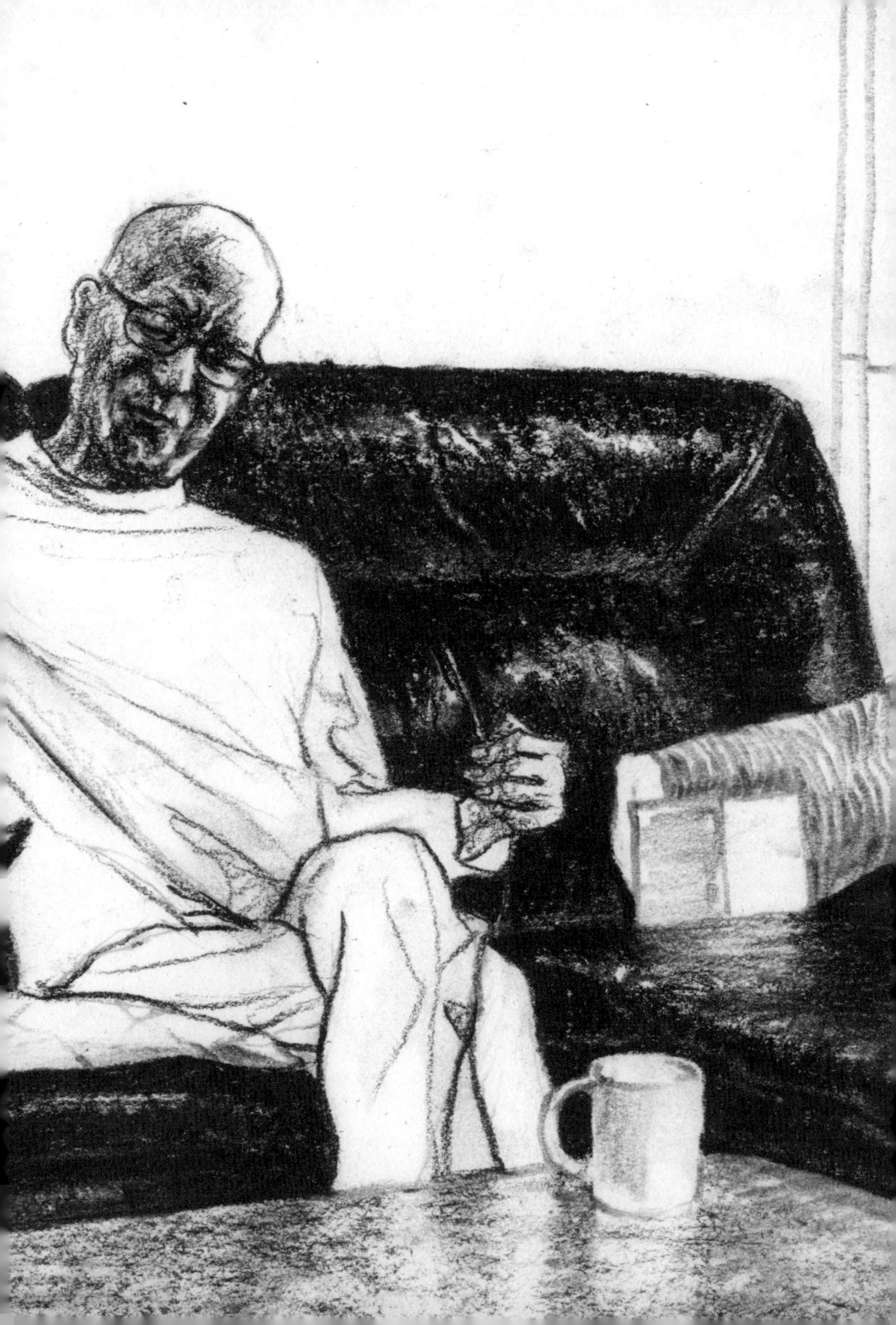

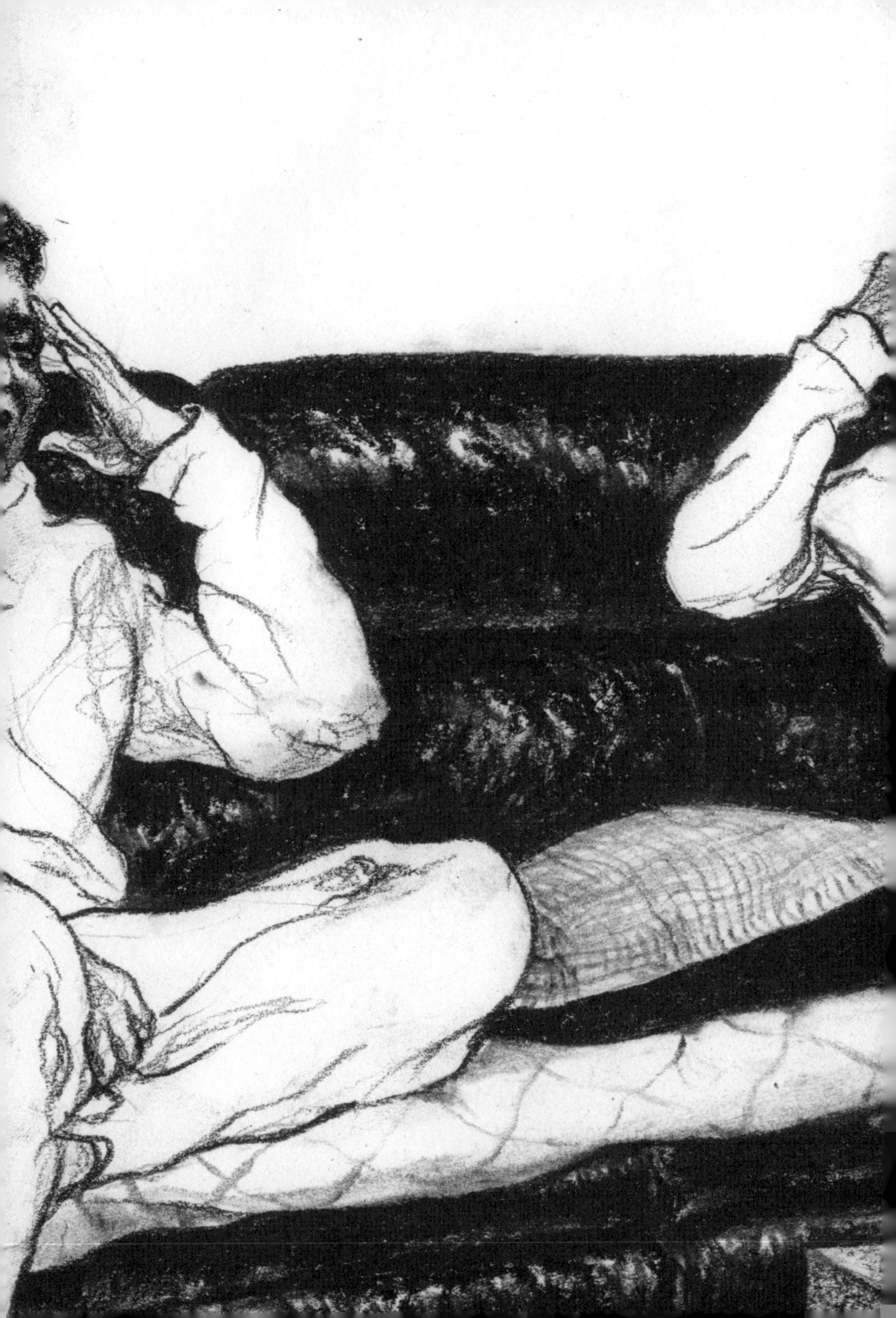

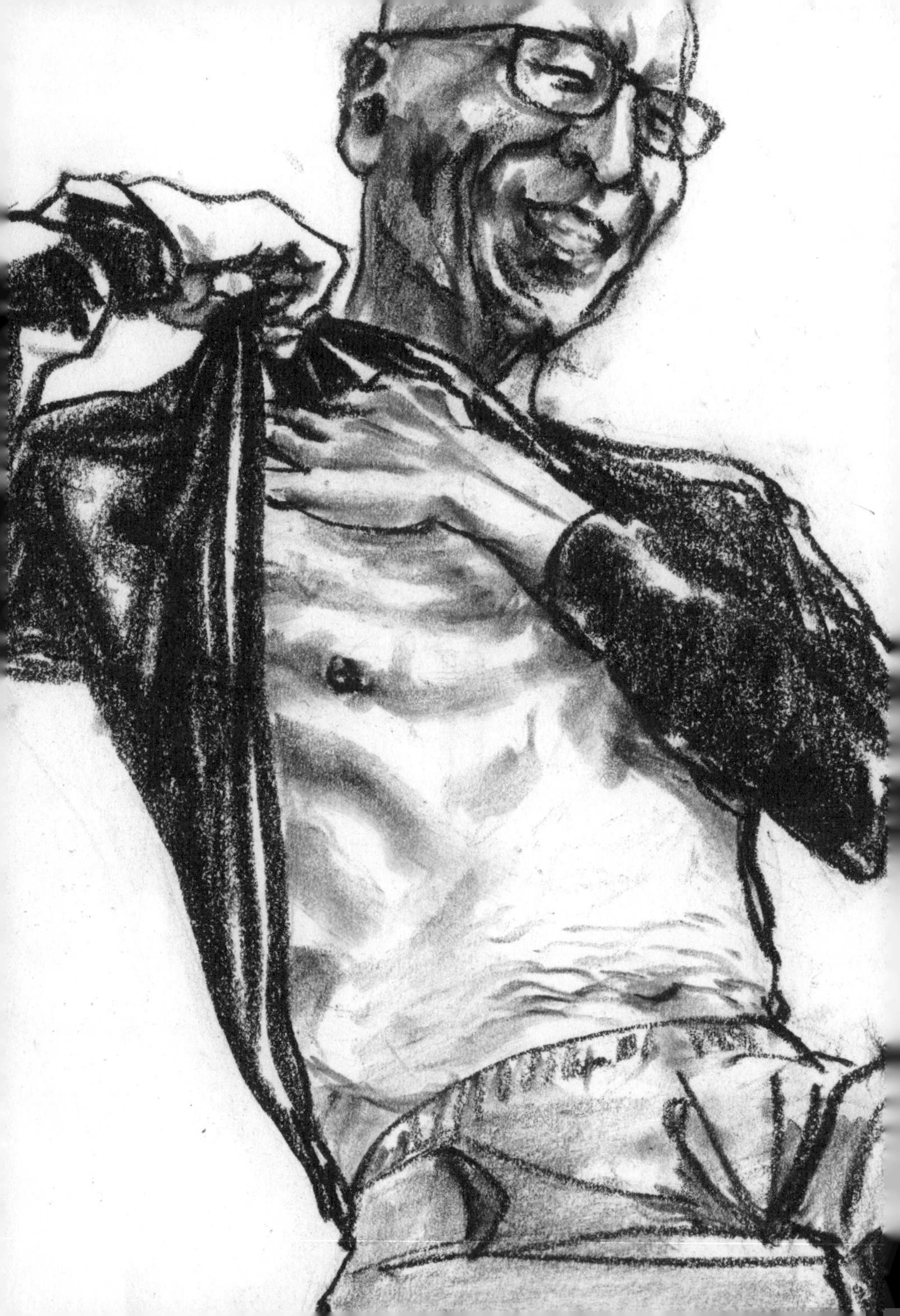

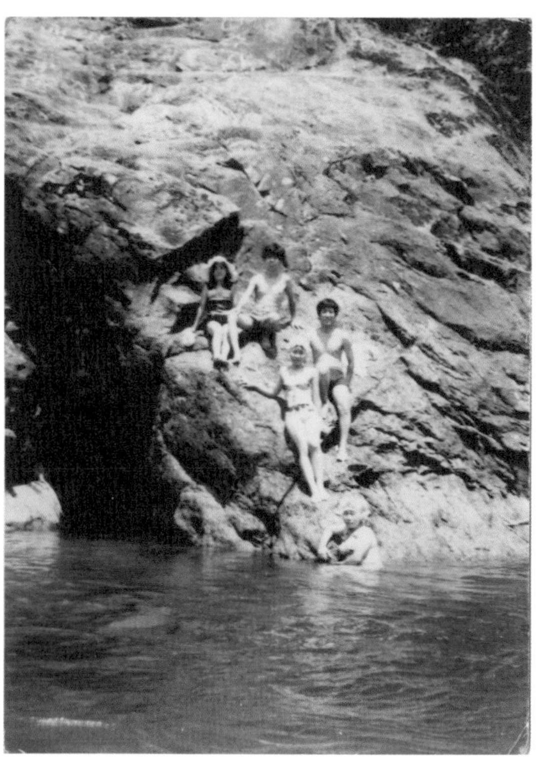

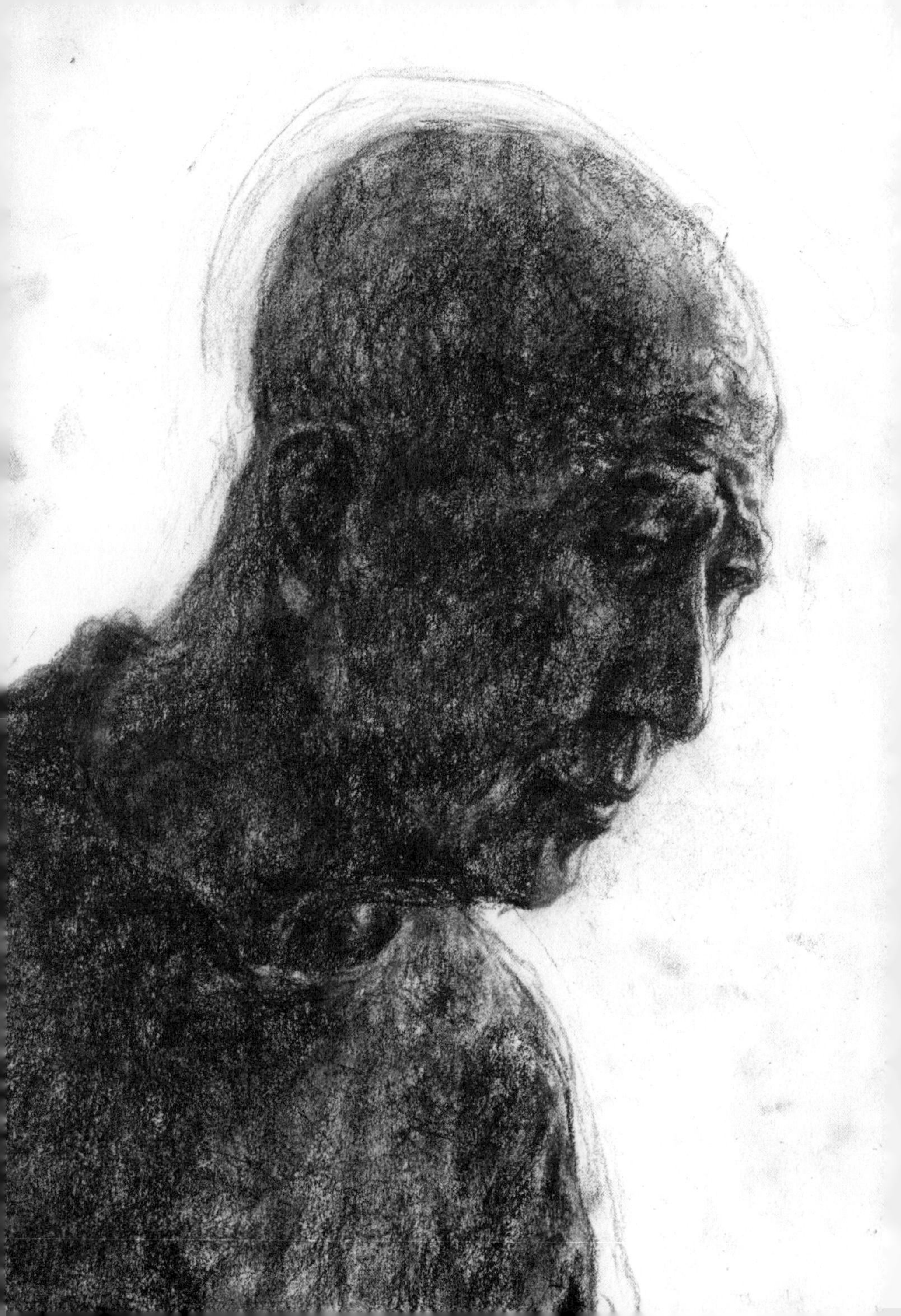

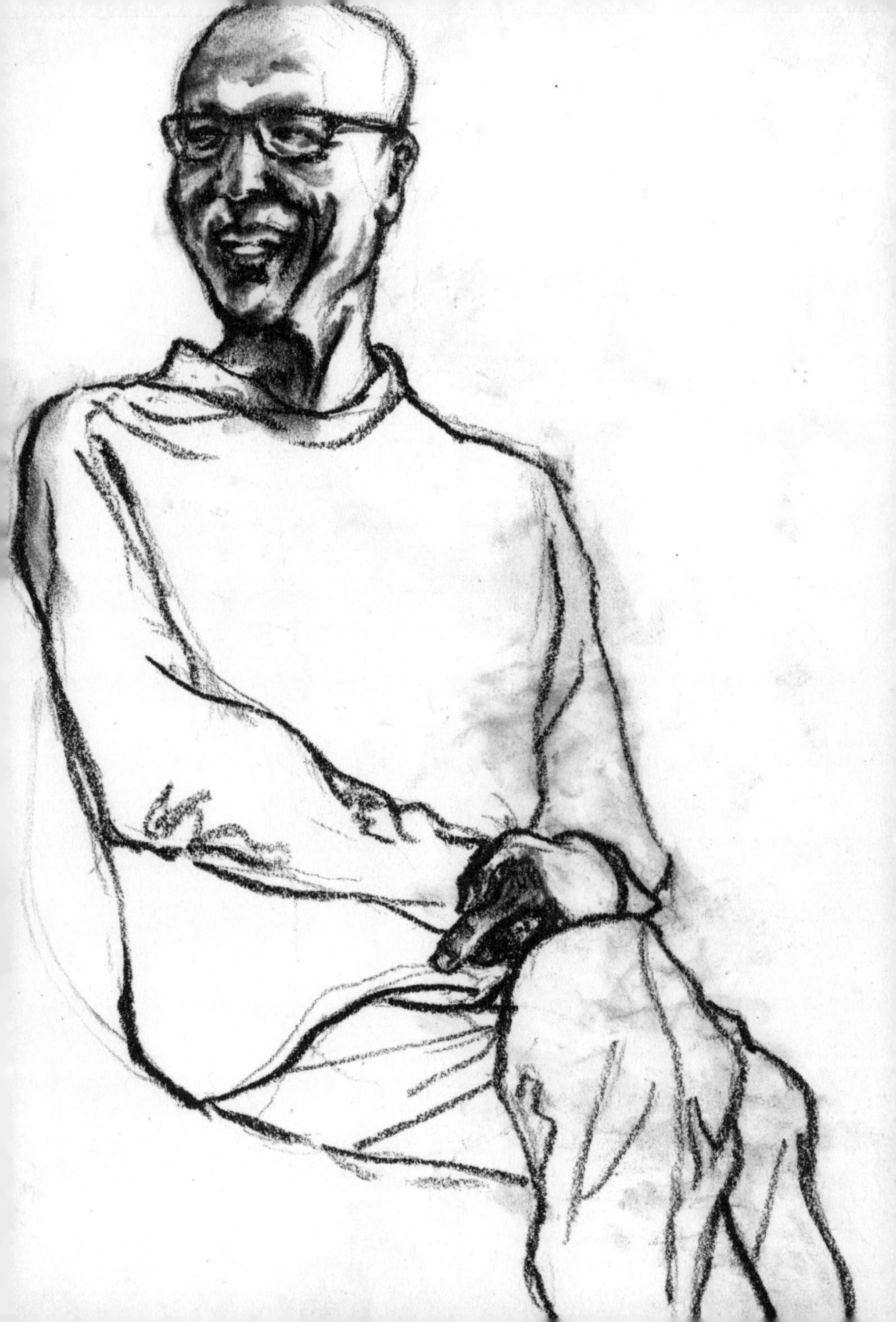

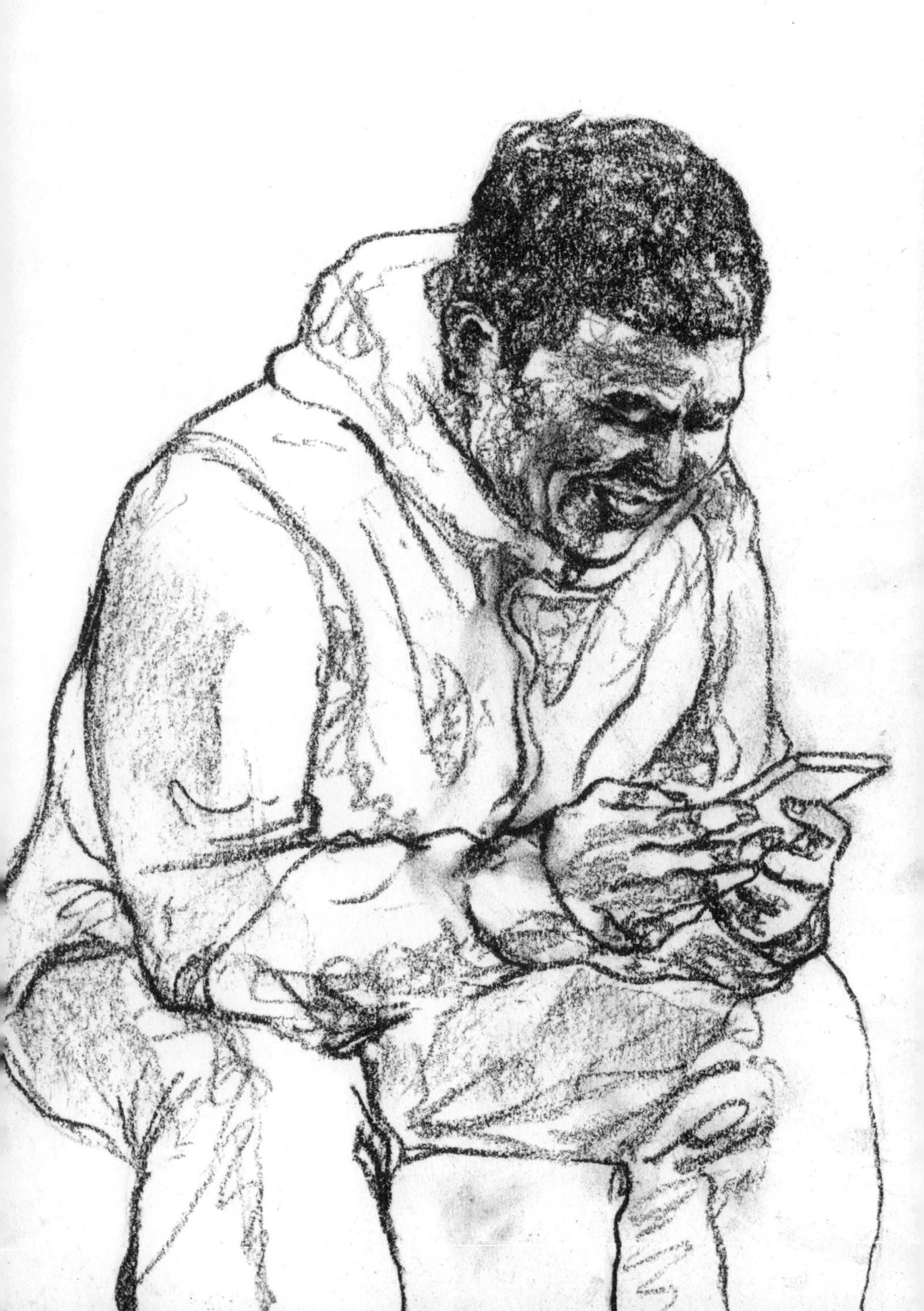

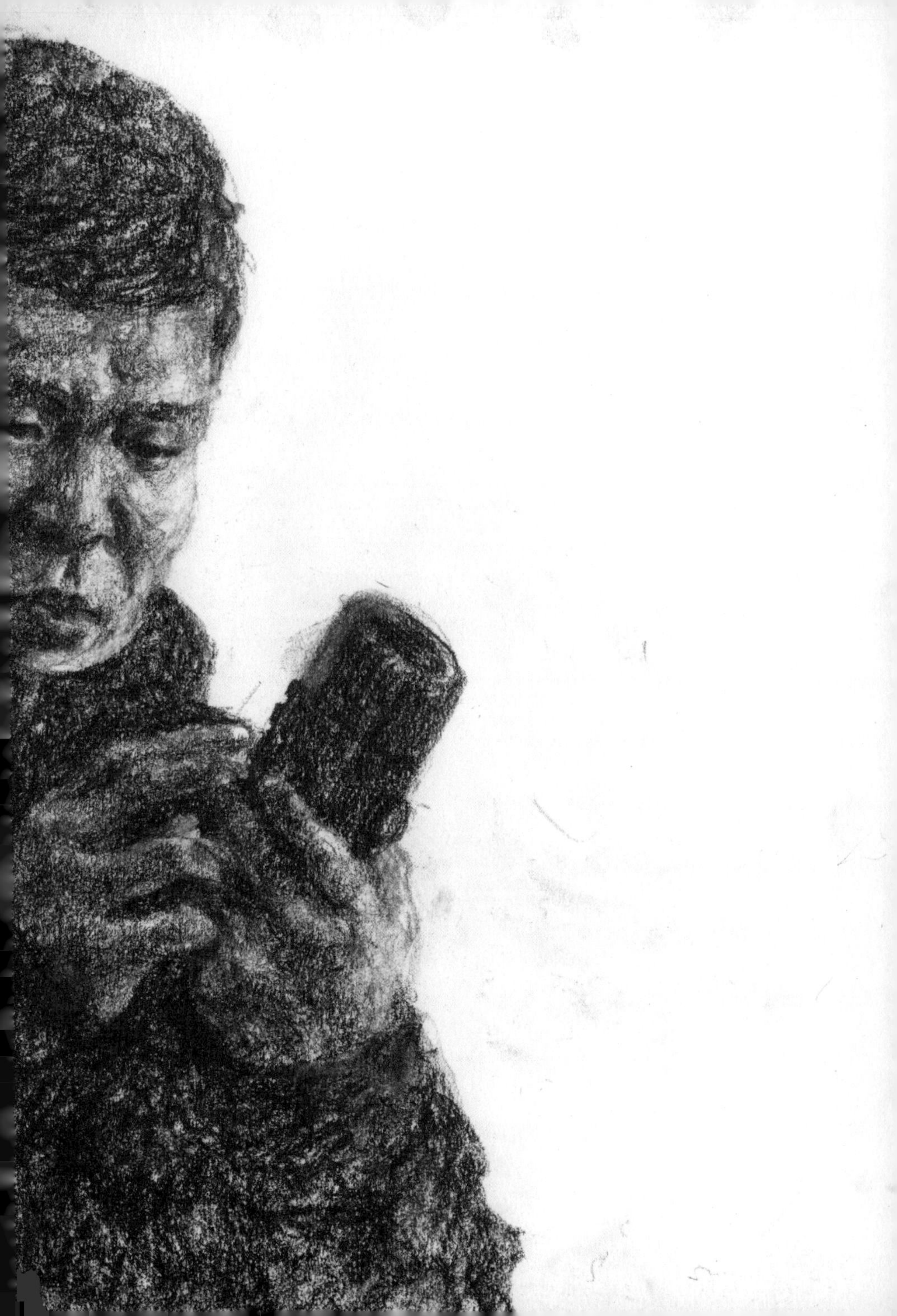

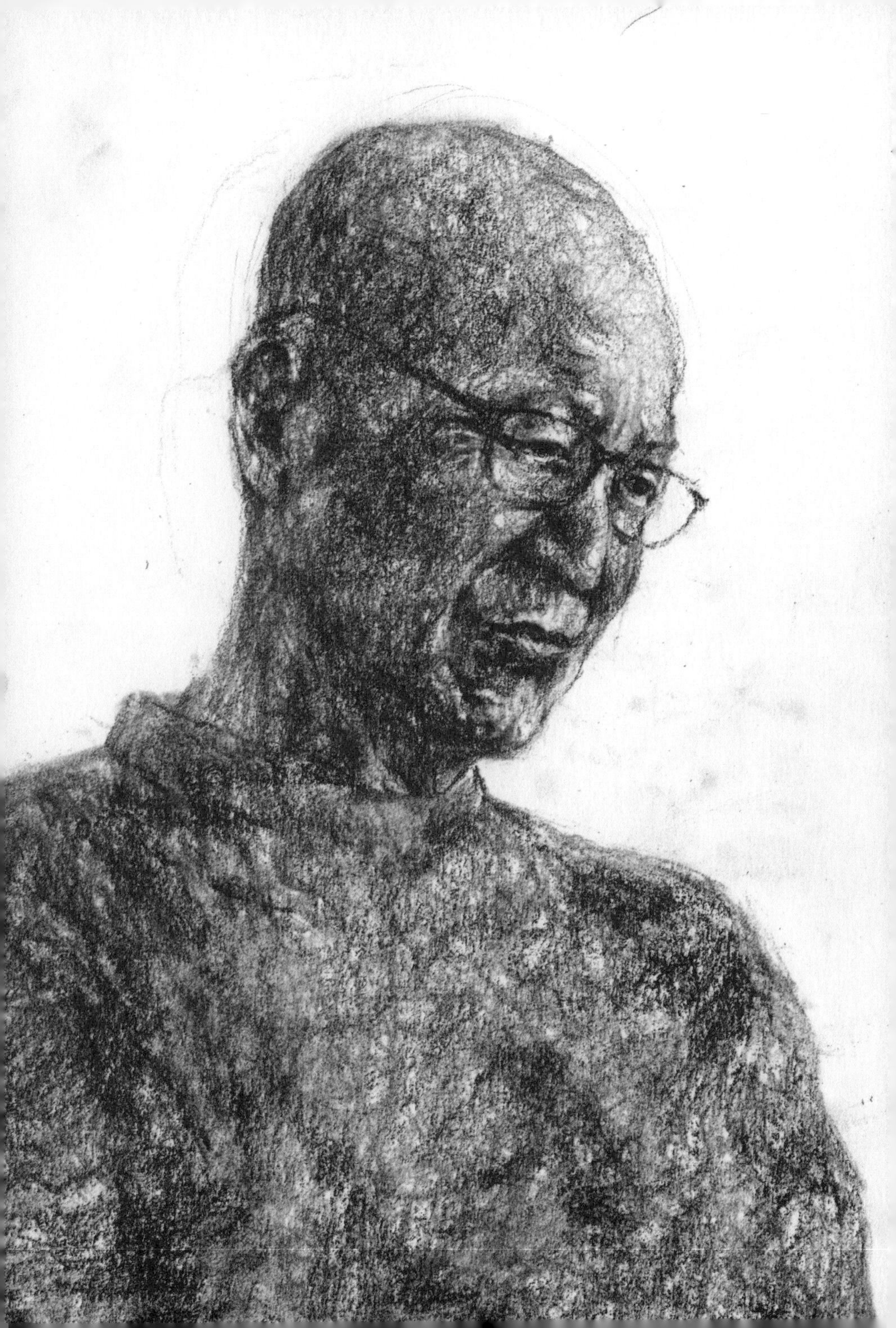

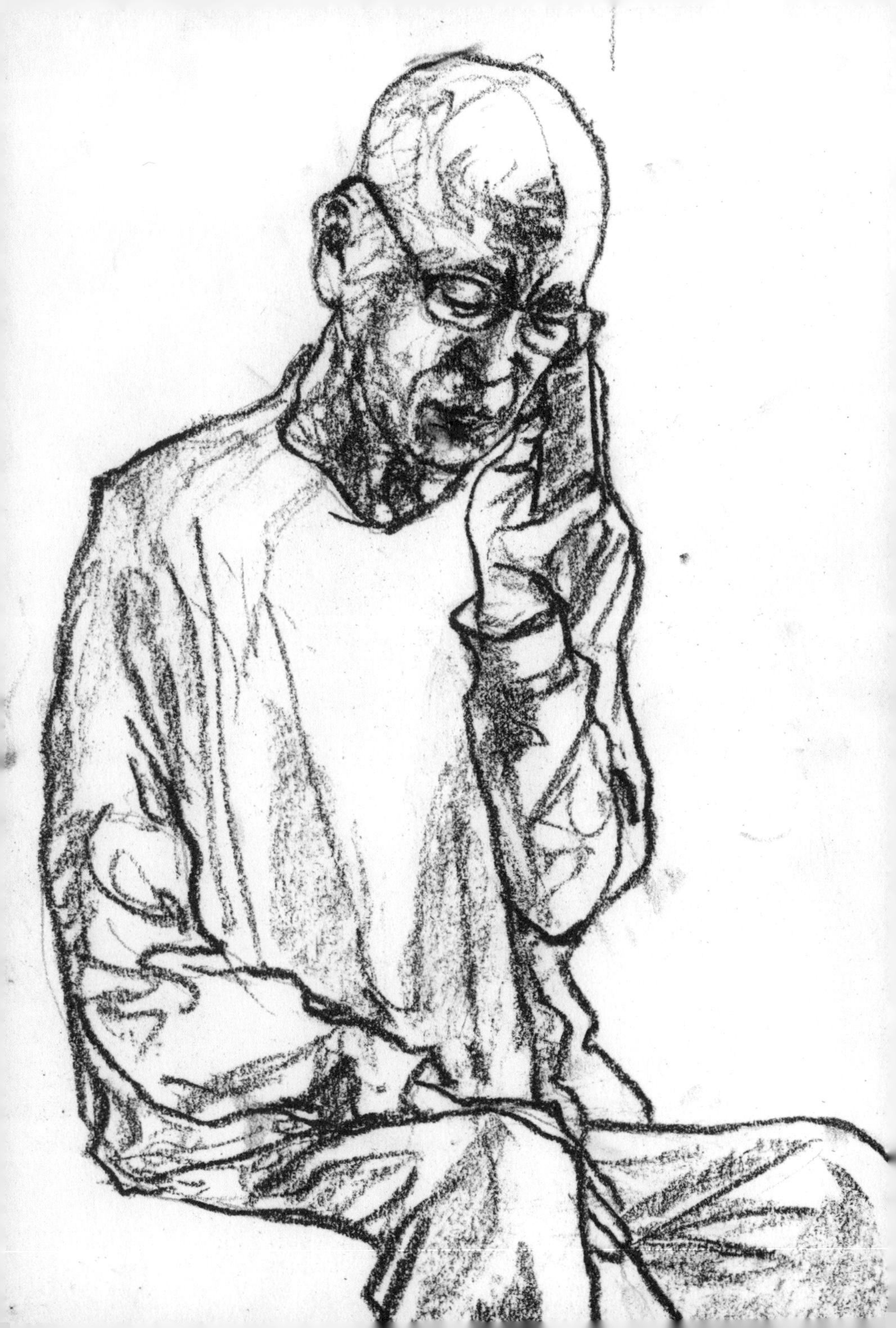

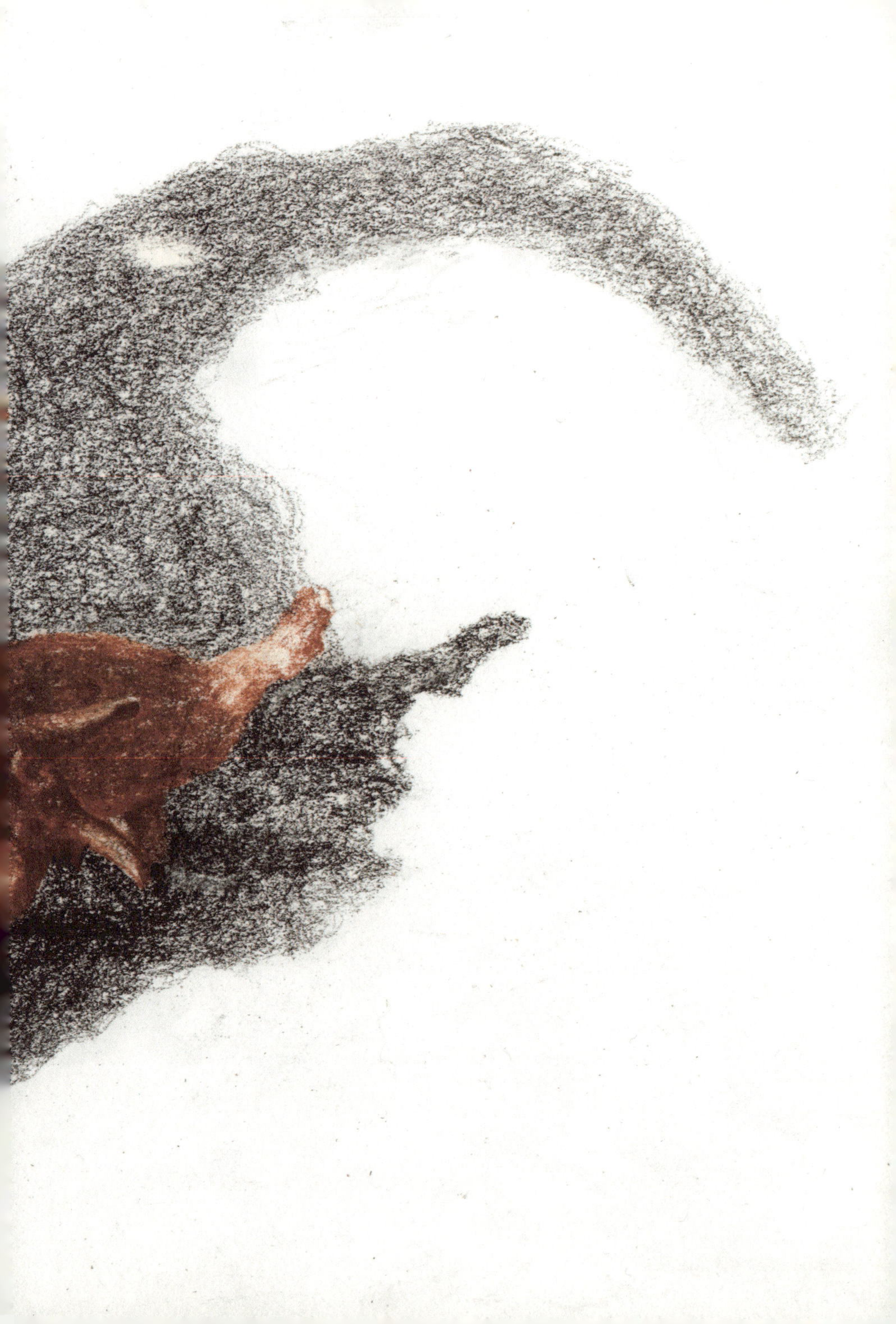

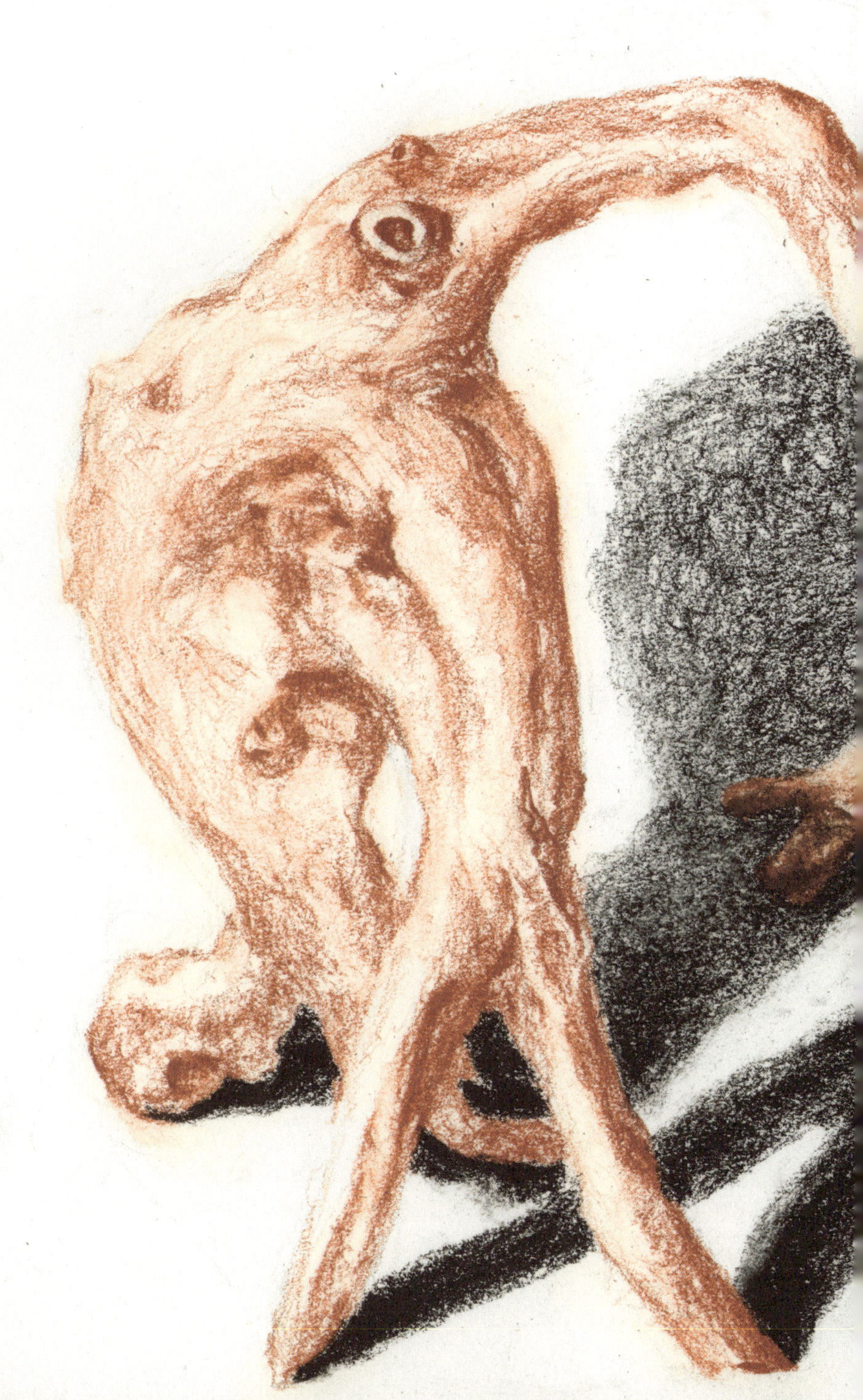

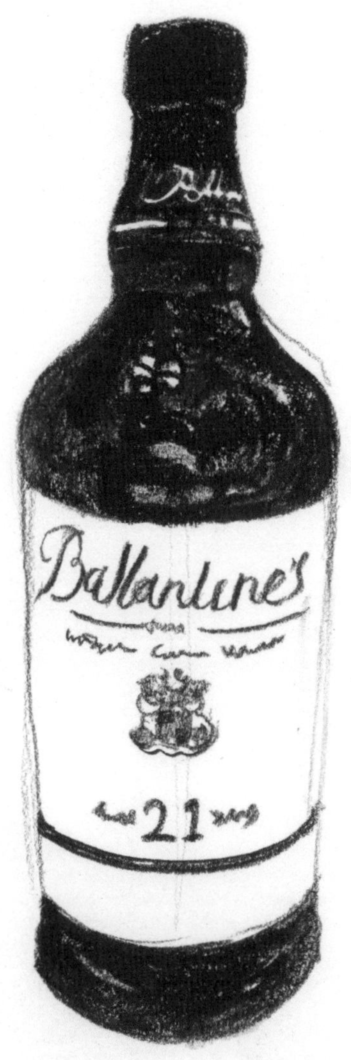

Ballantine's
21

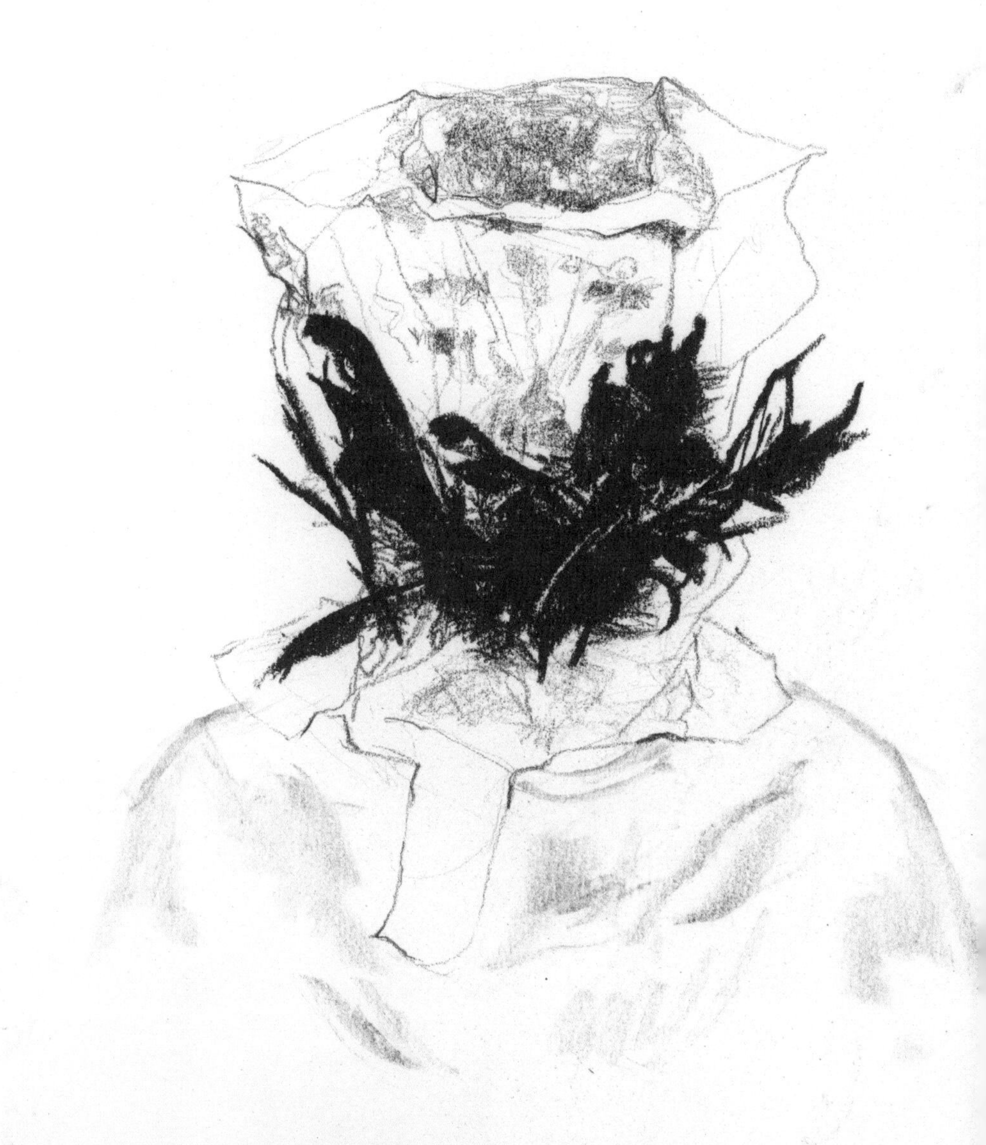

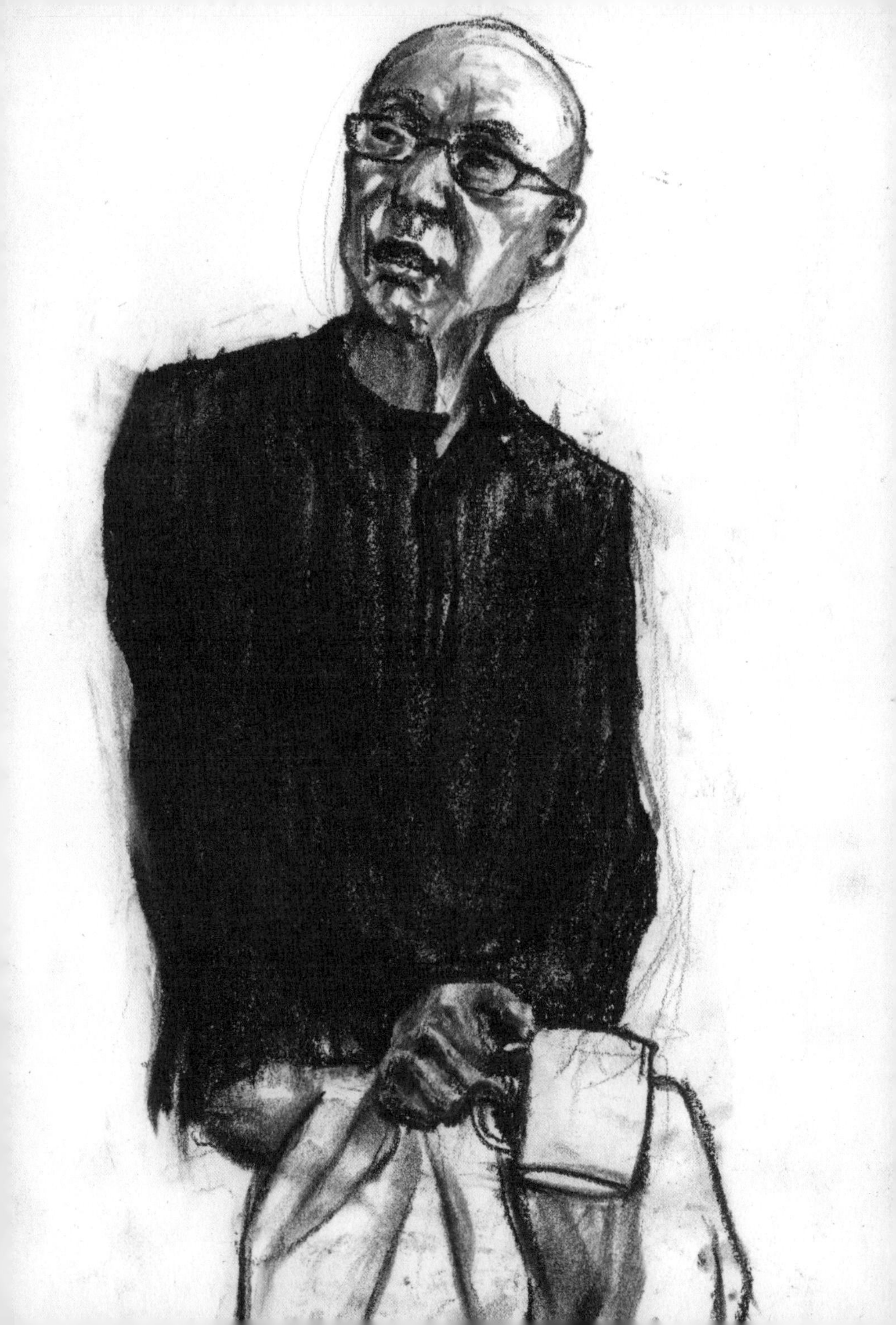

오후 1시 25분

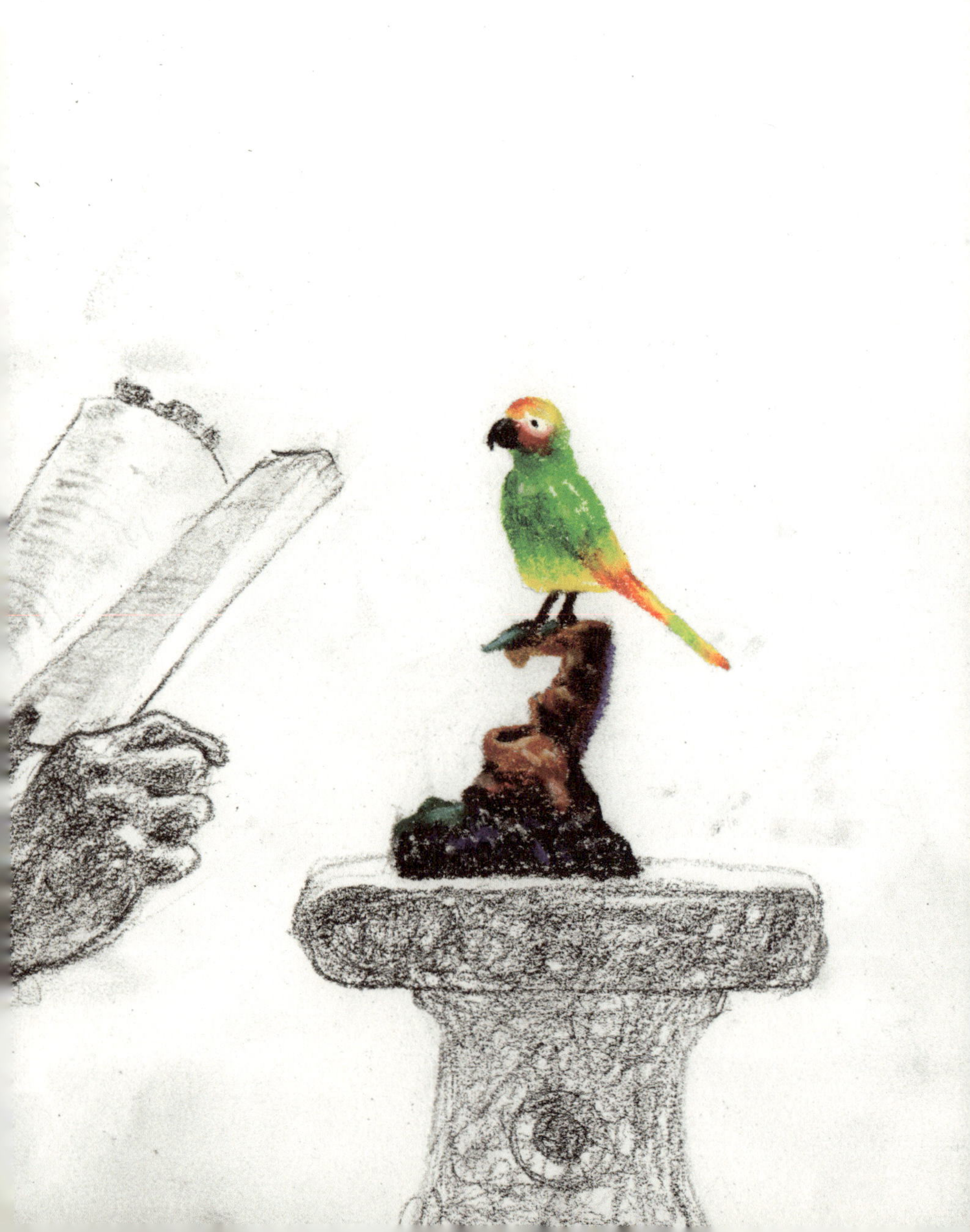

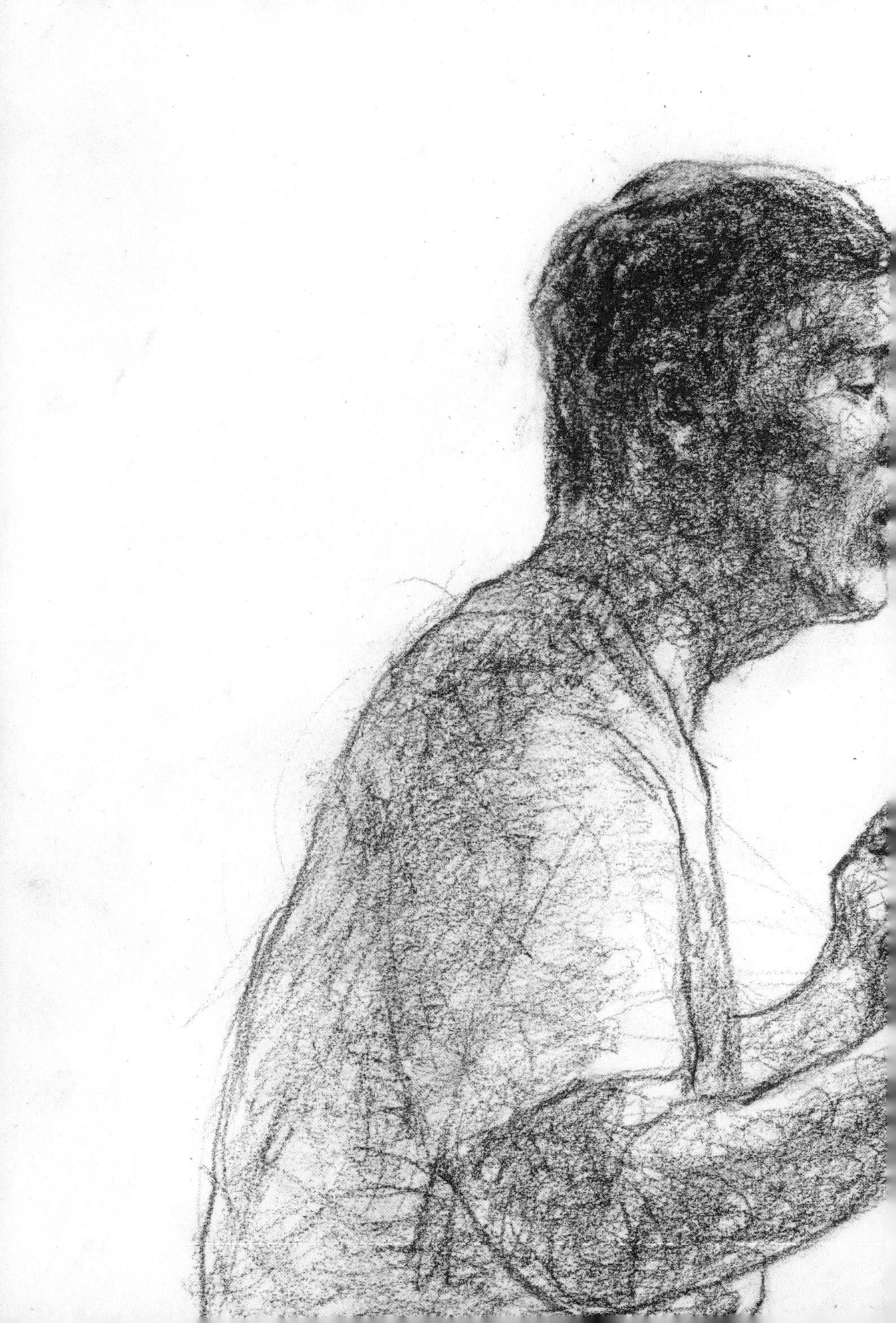

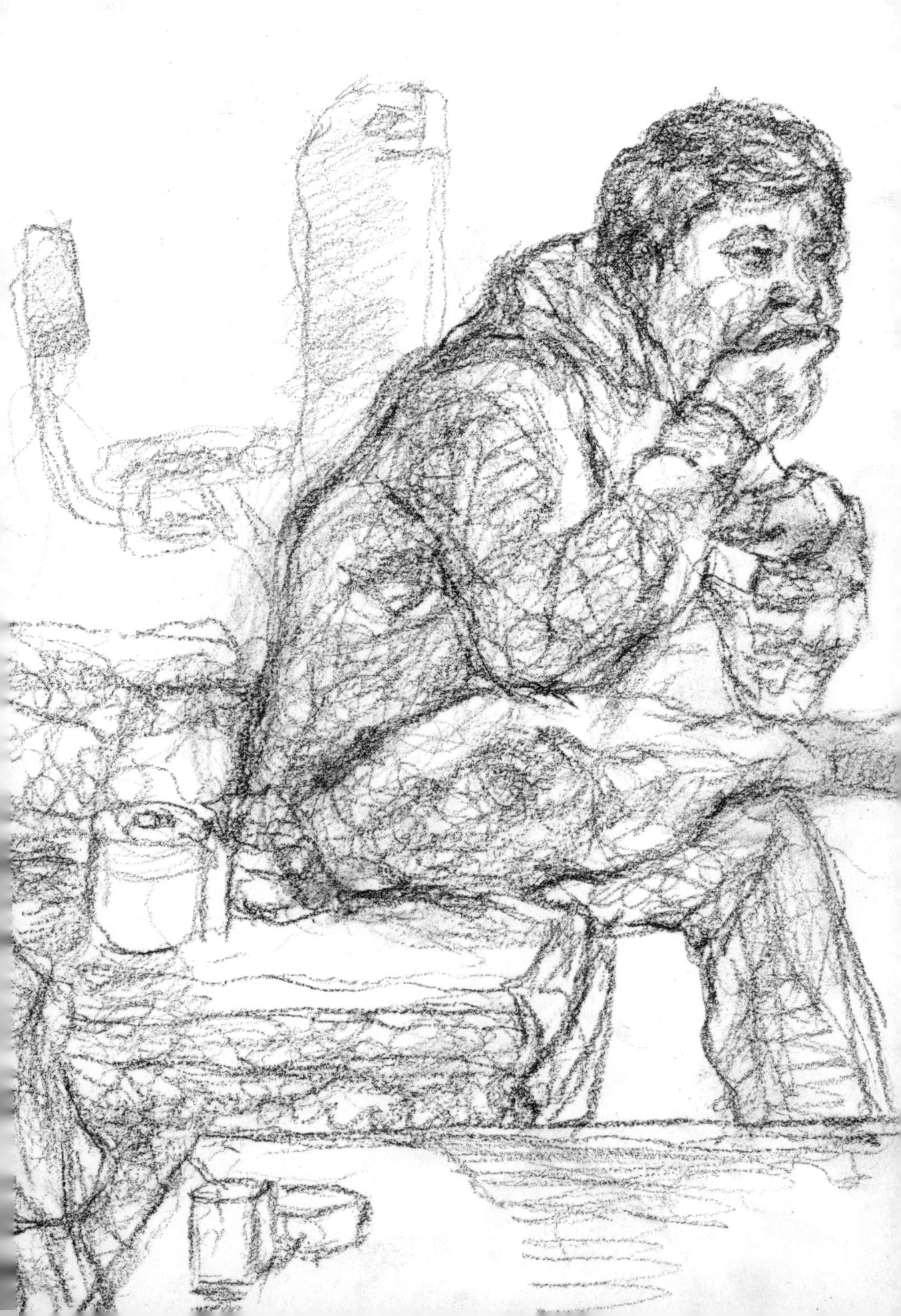

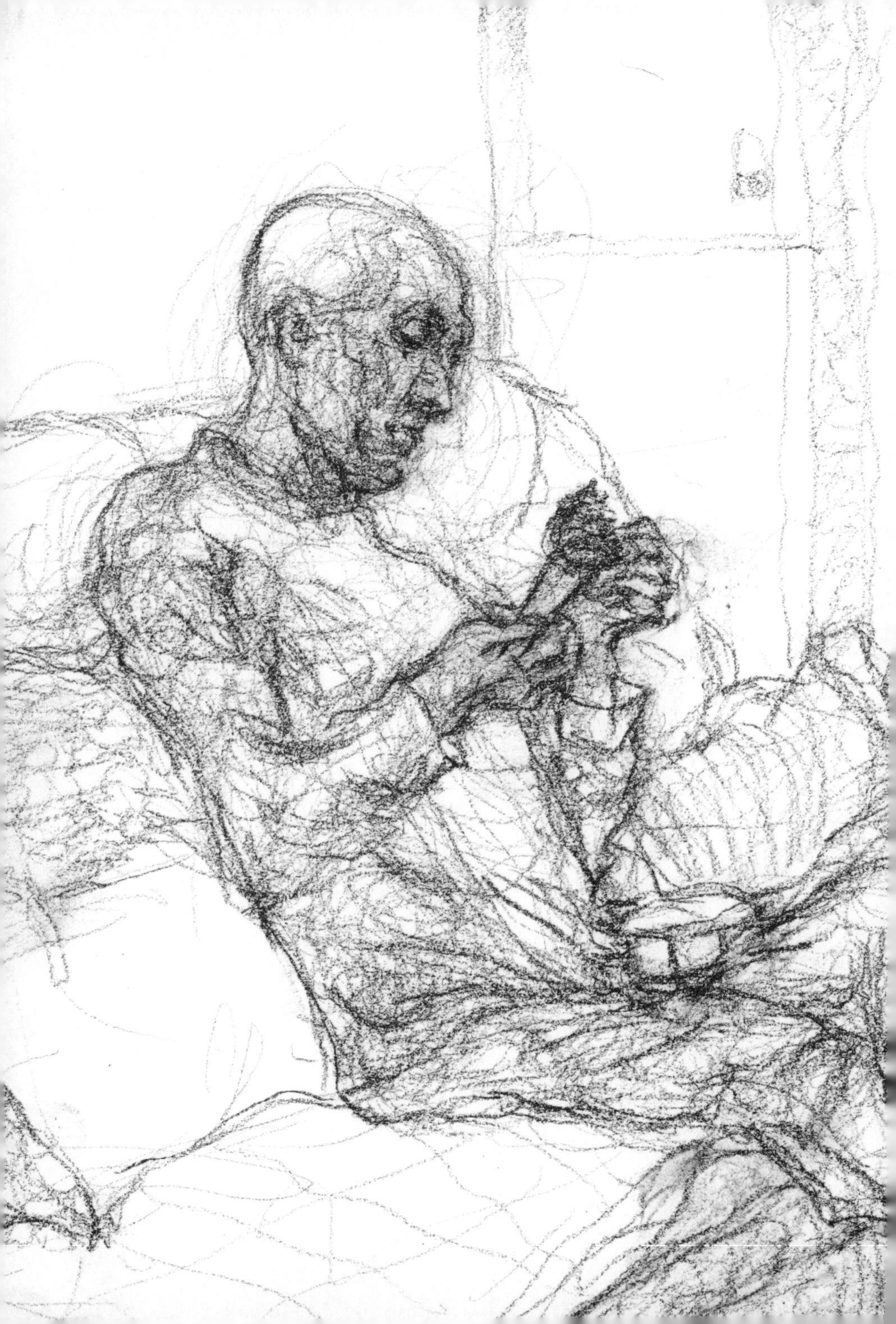

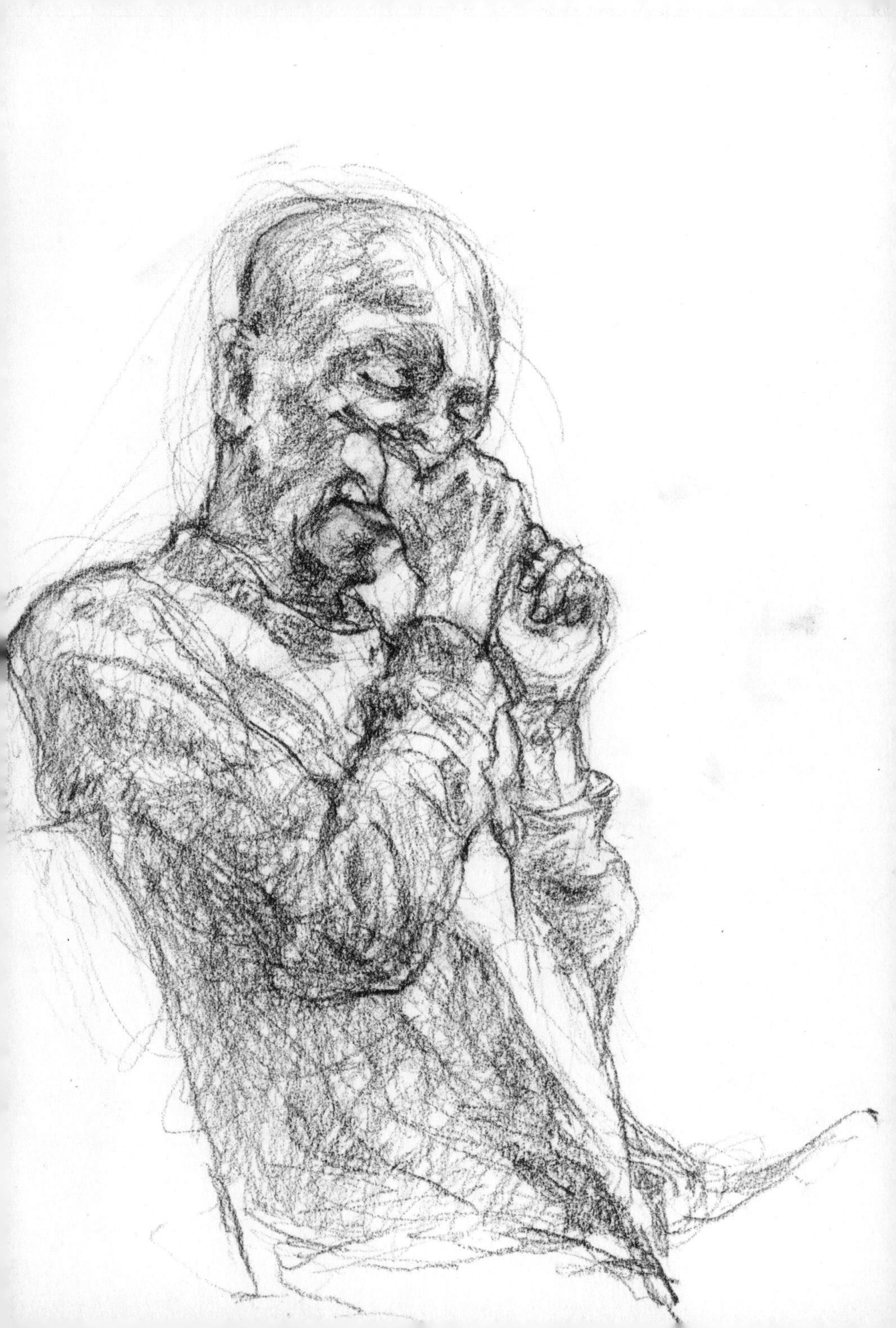

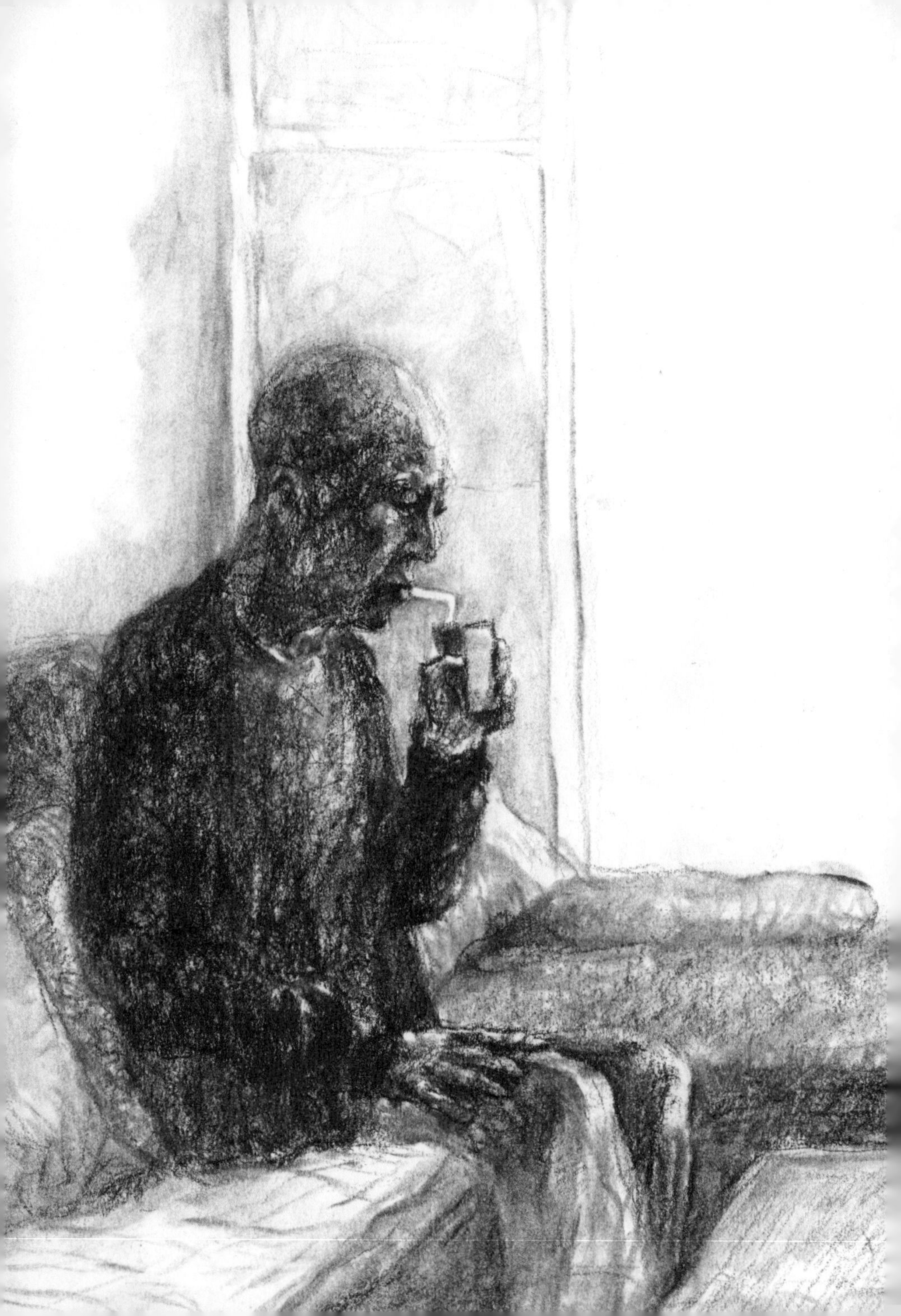

2020년 3월 23일 월요일

오후 1시 15분

제2막

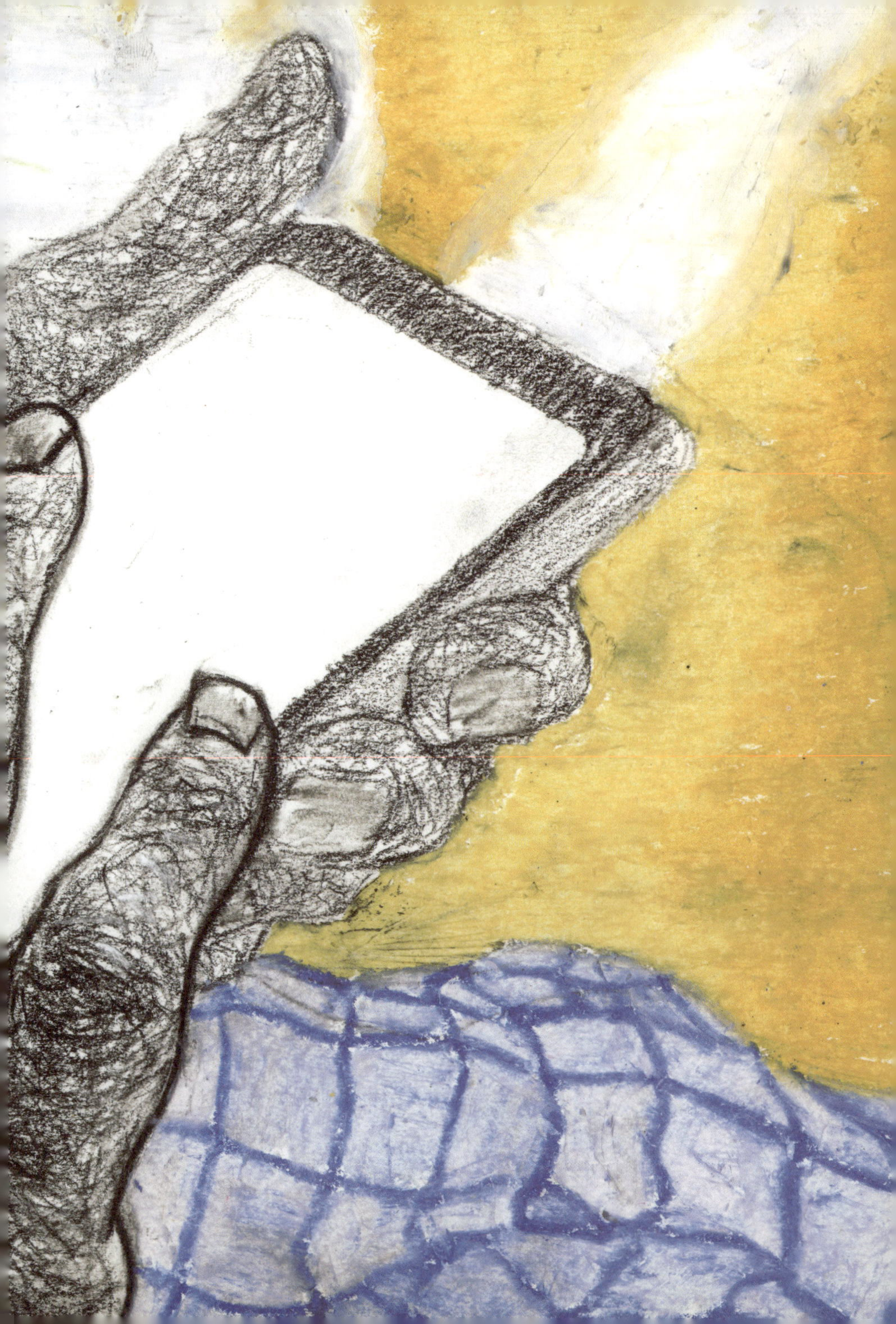

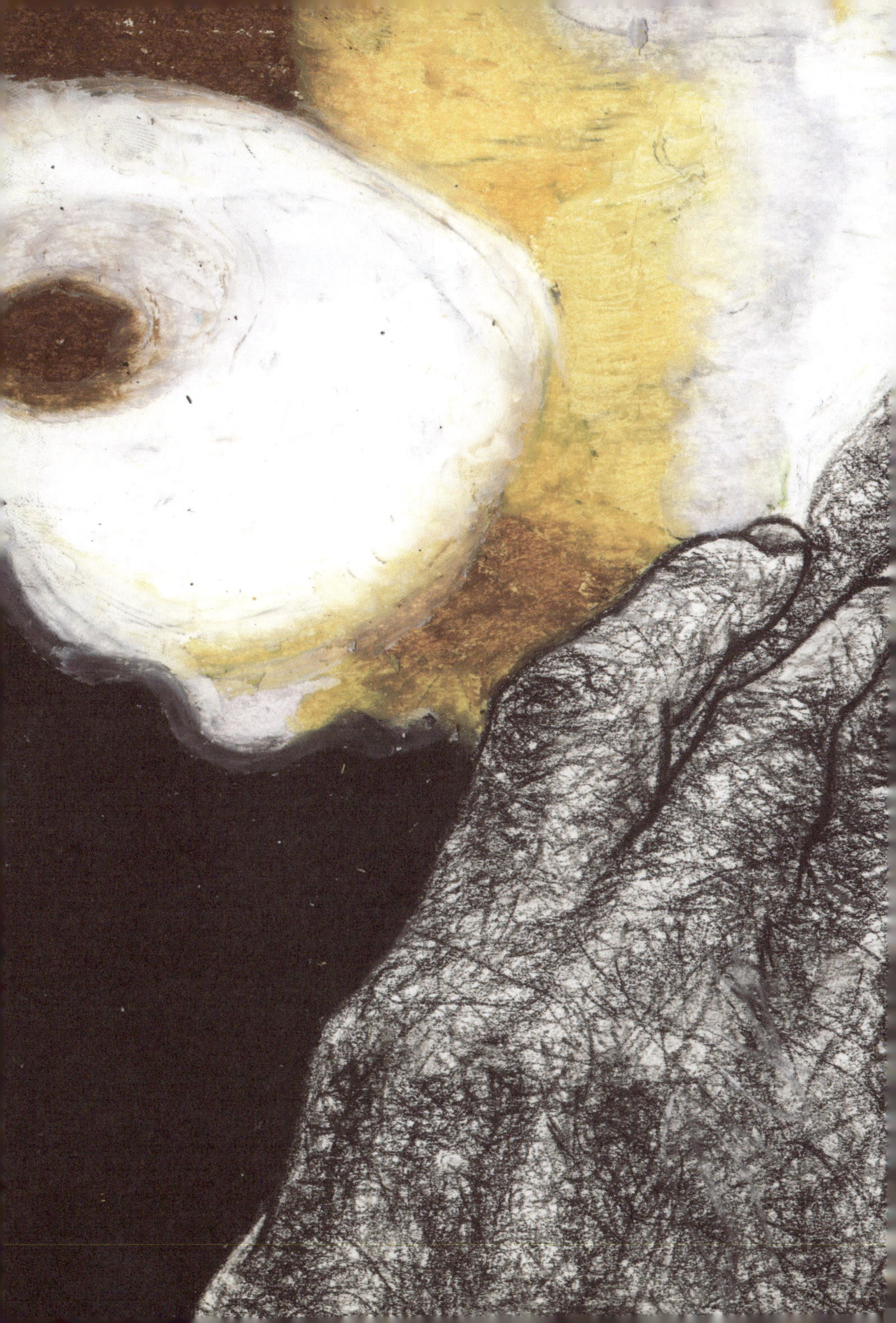

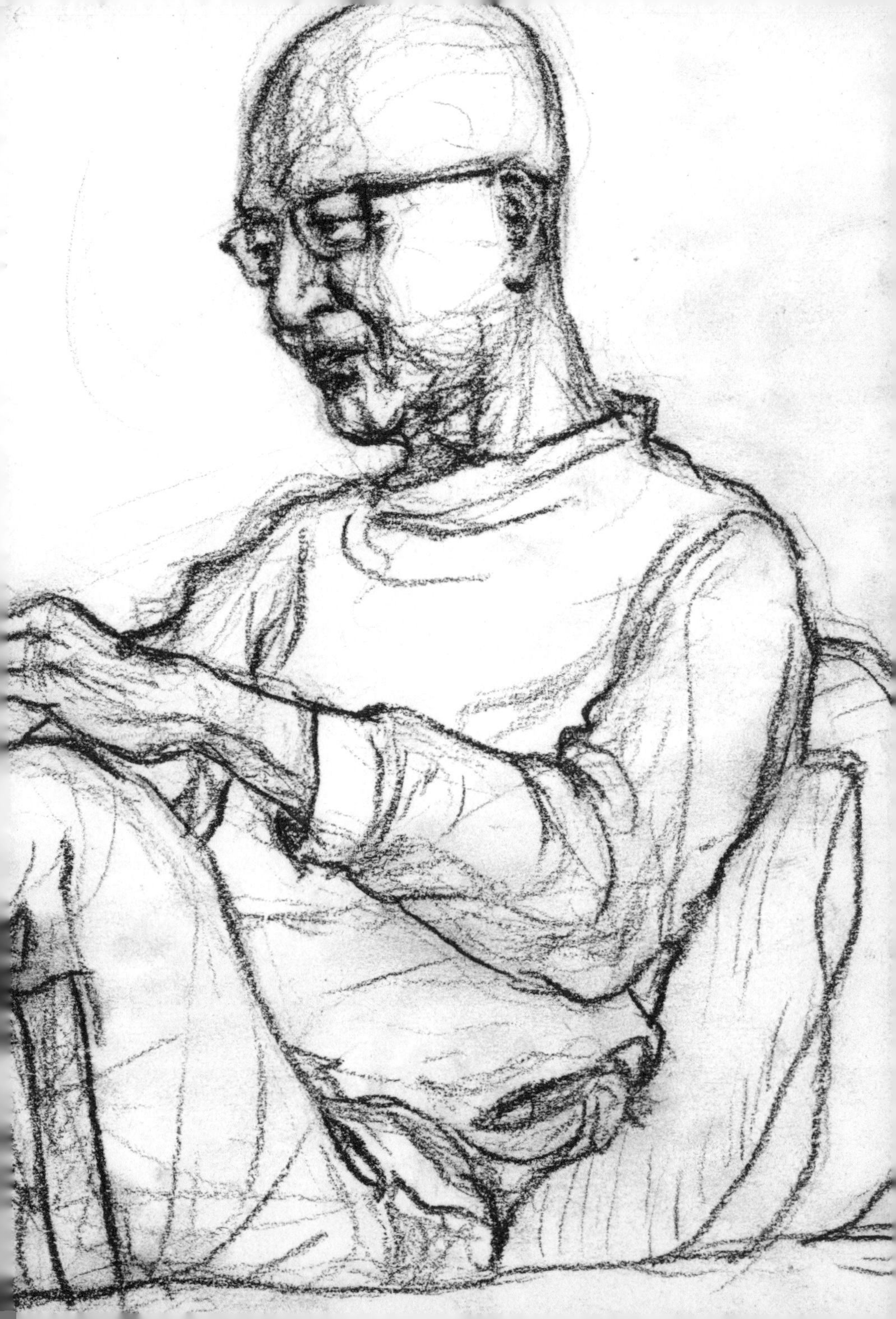

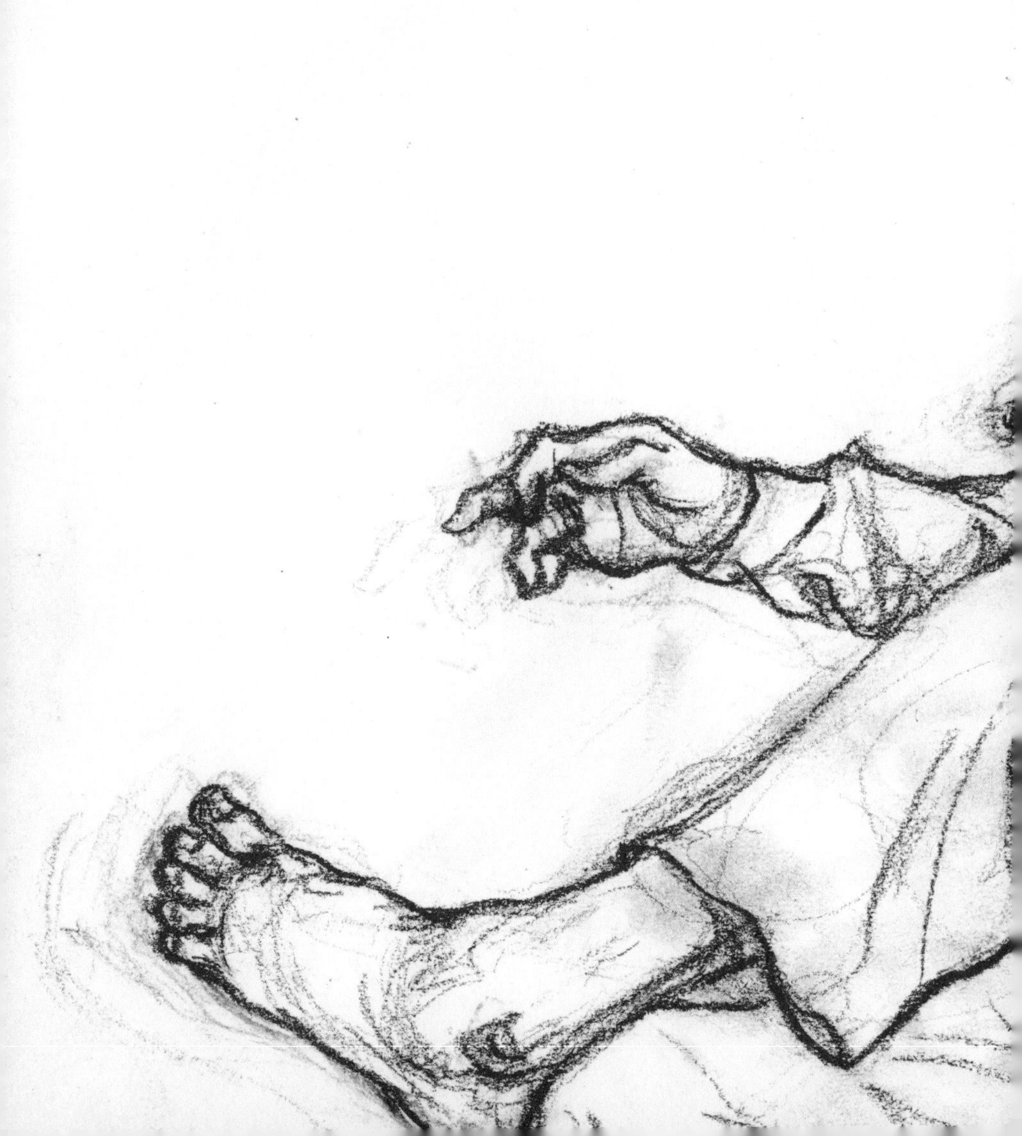

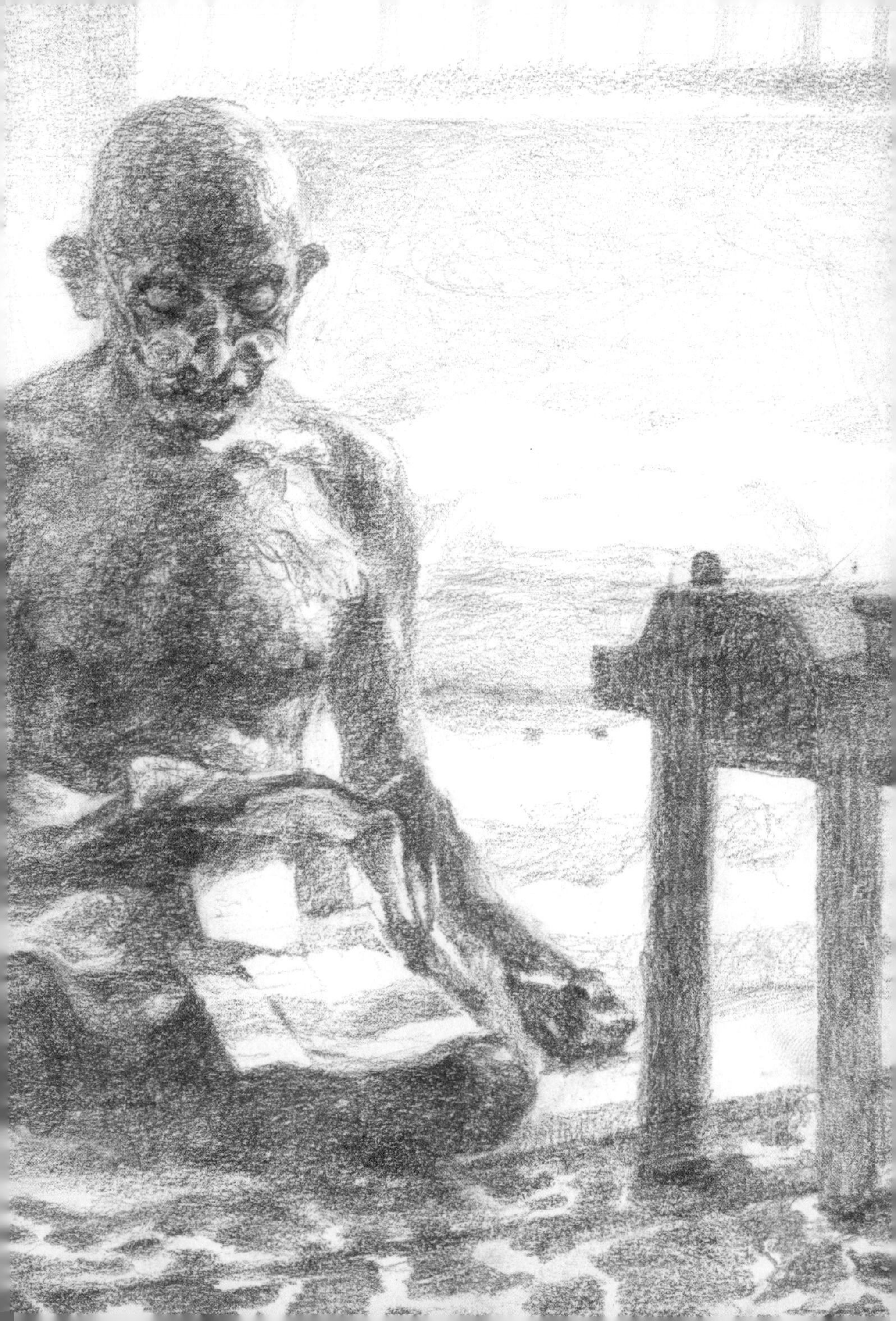

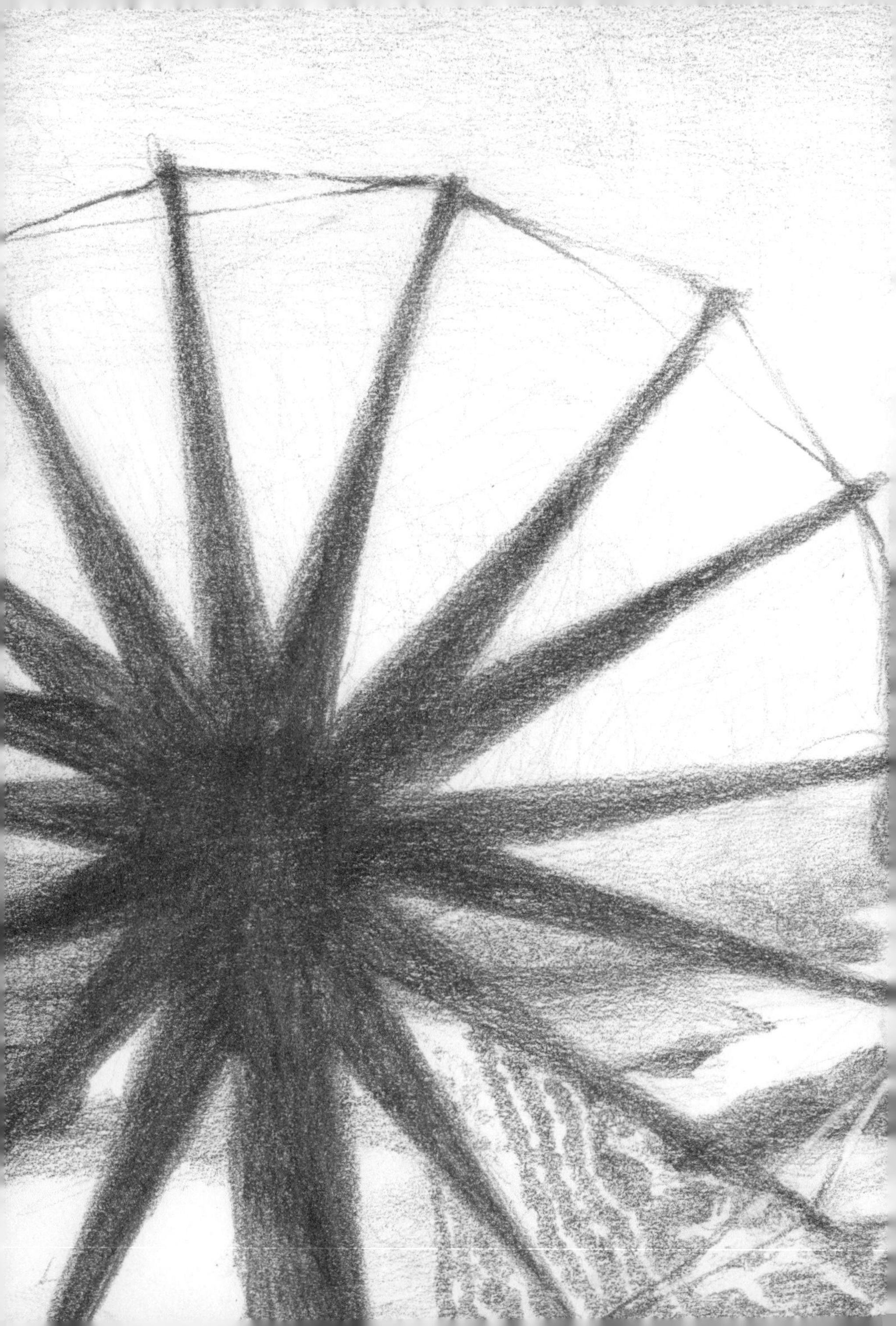

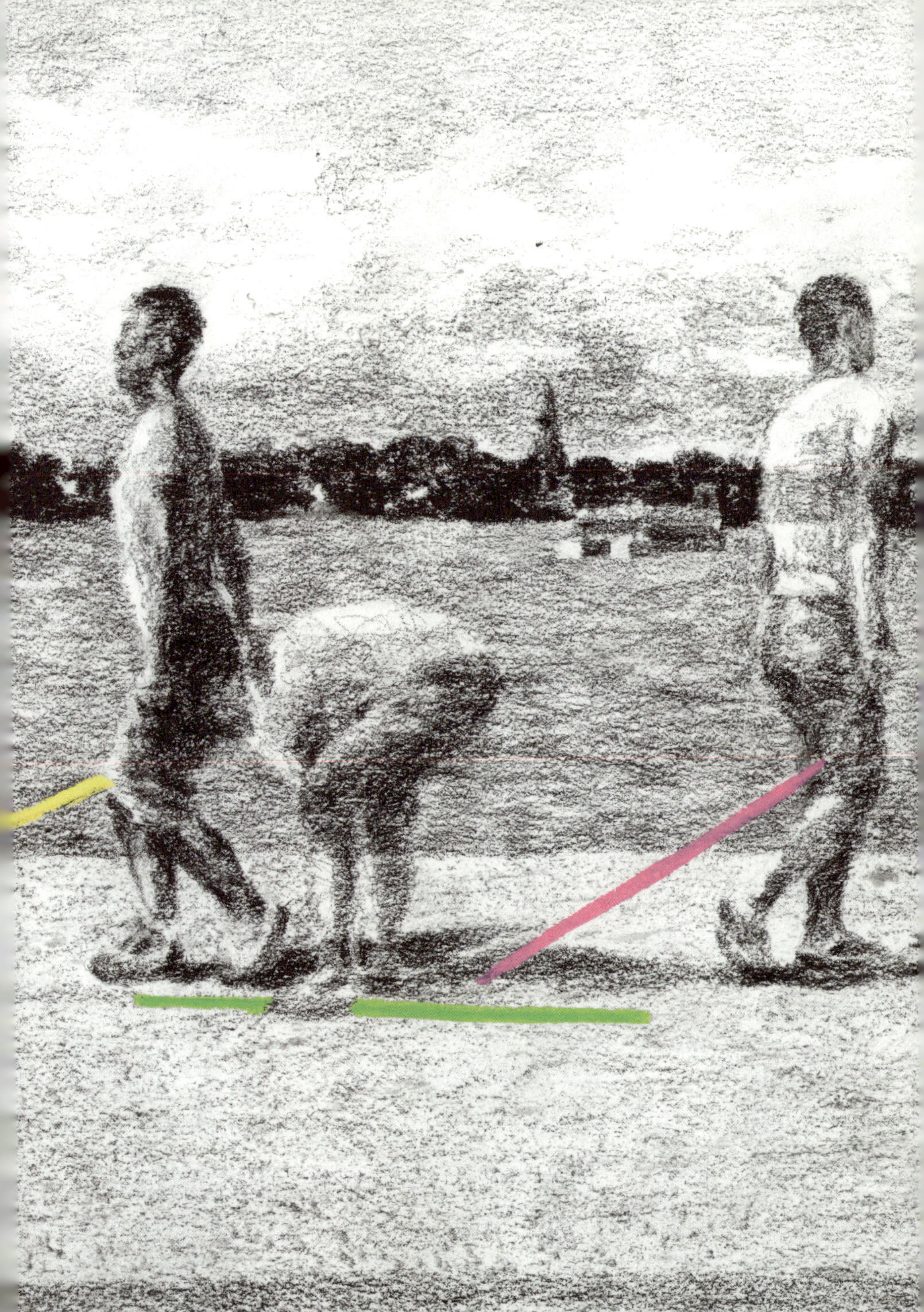

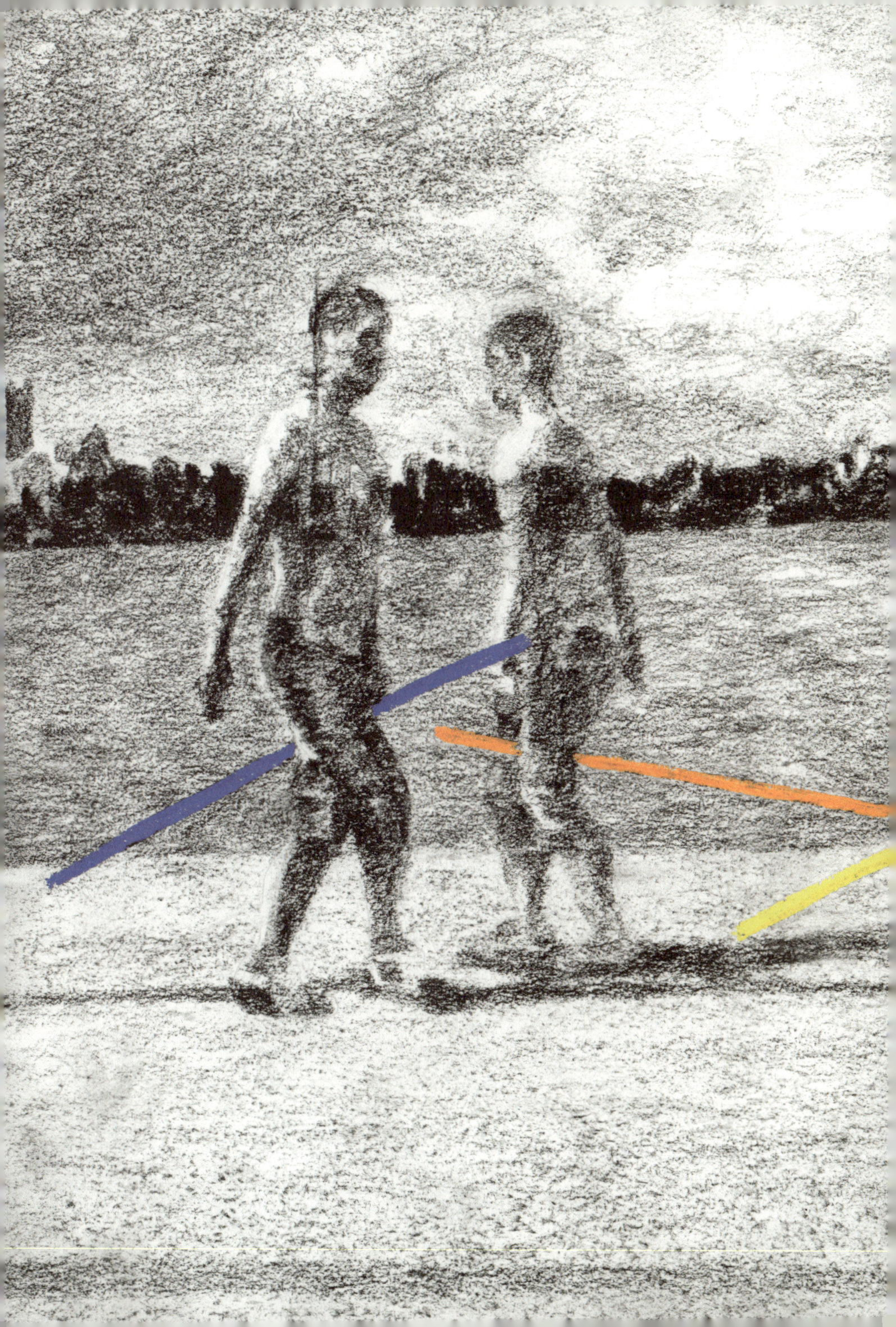

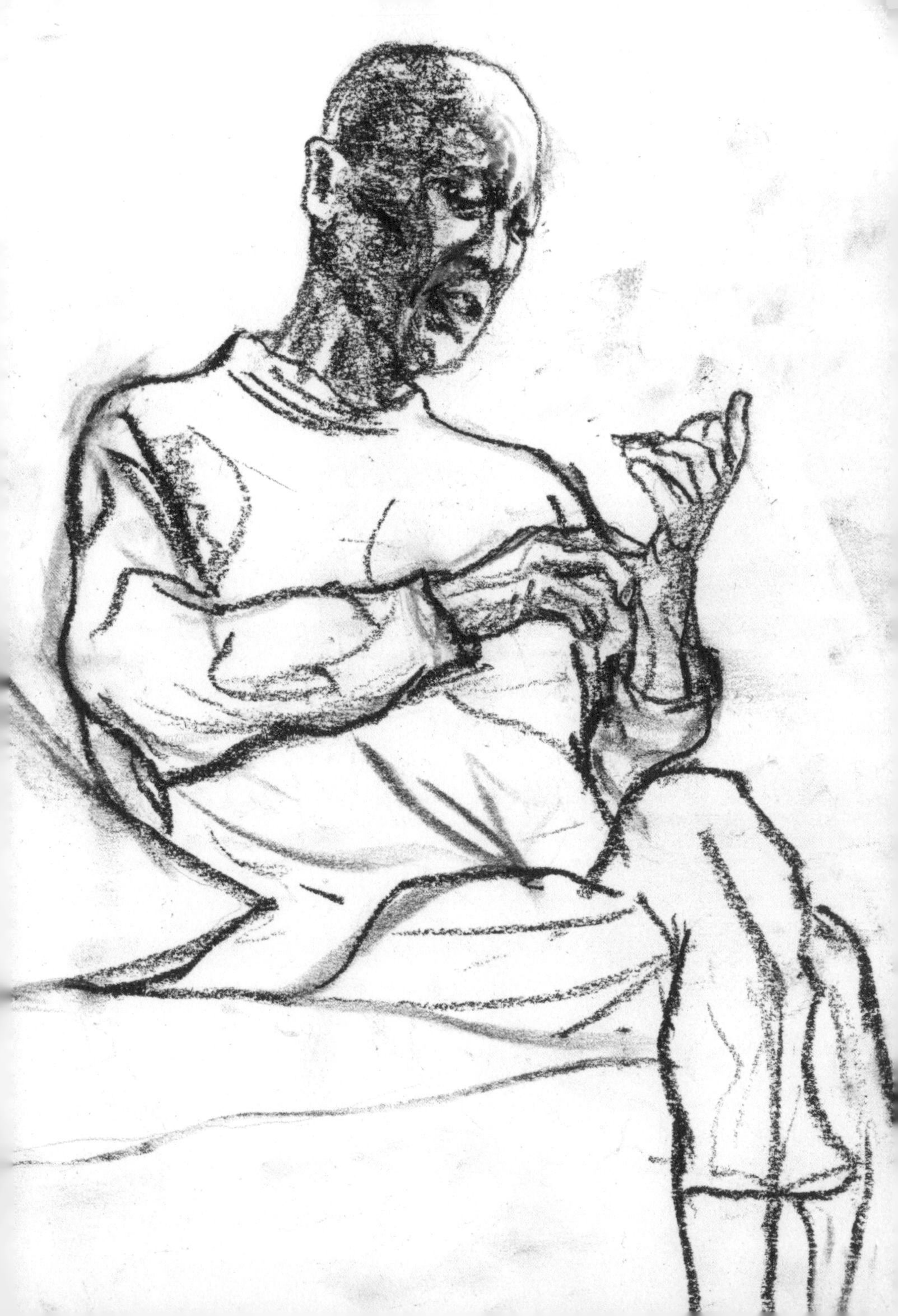

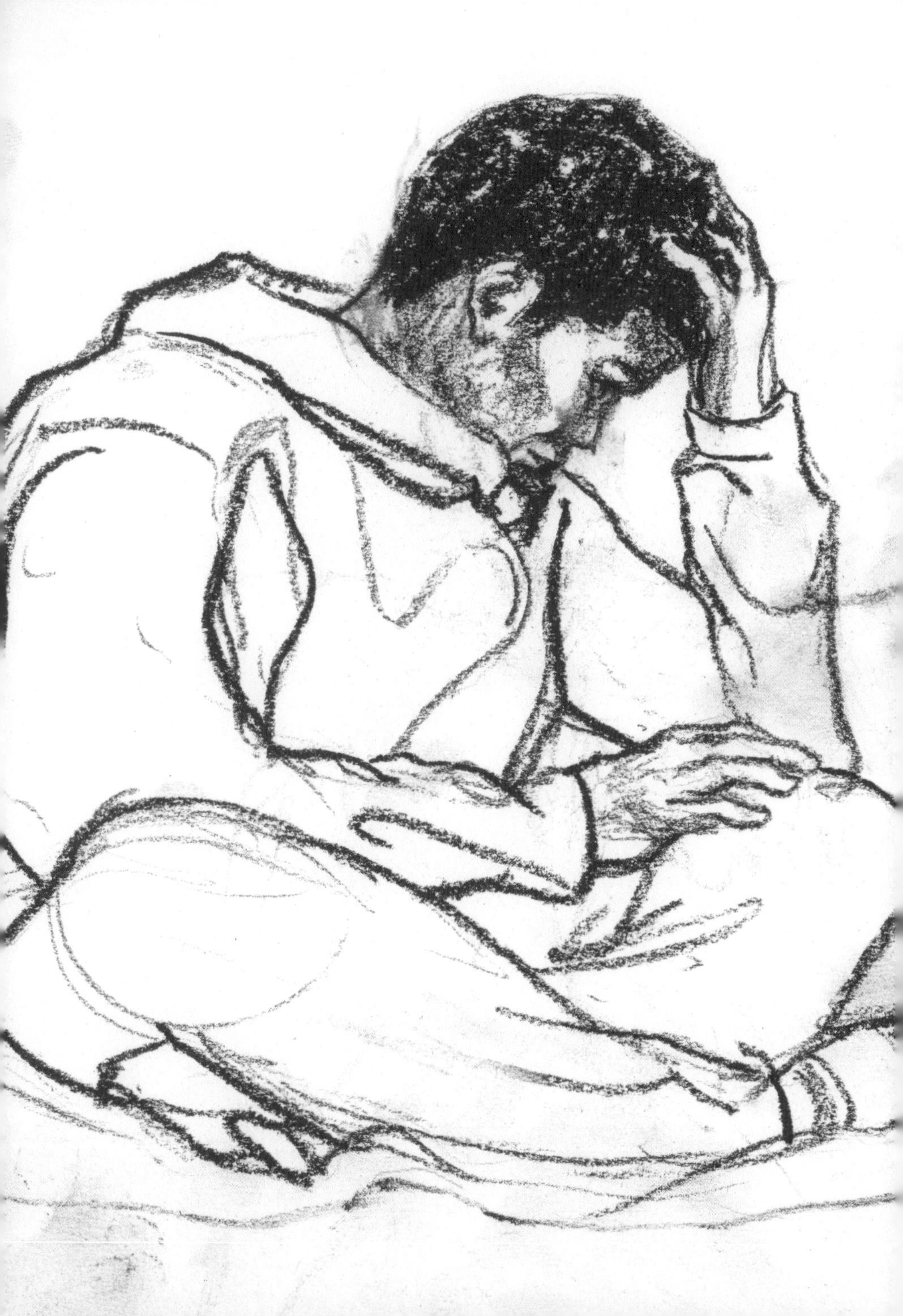

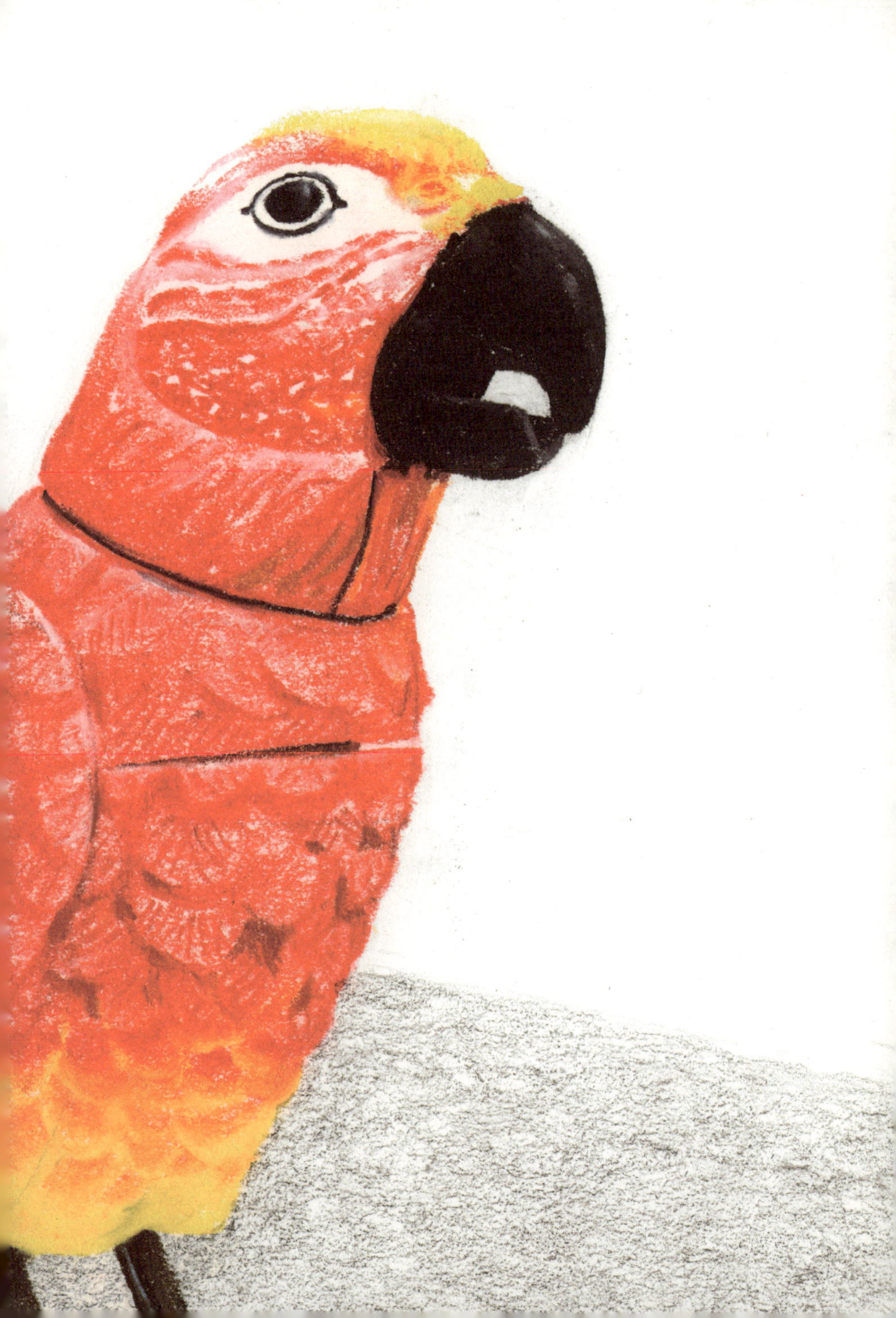

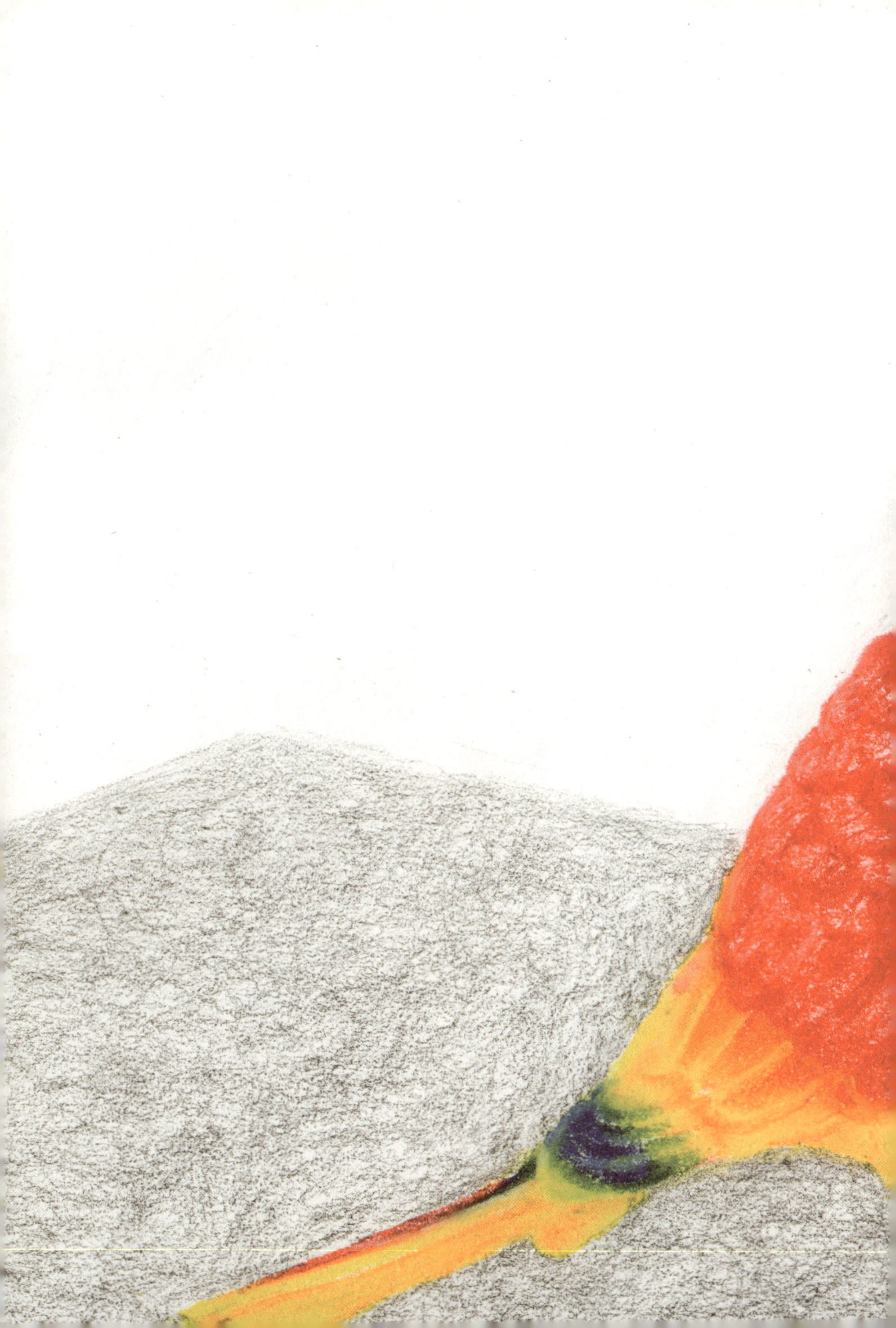

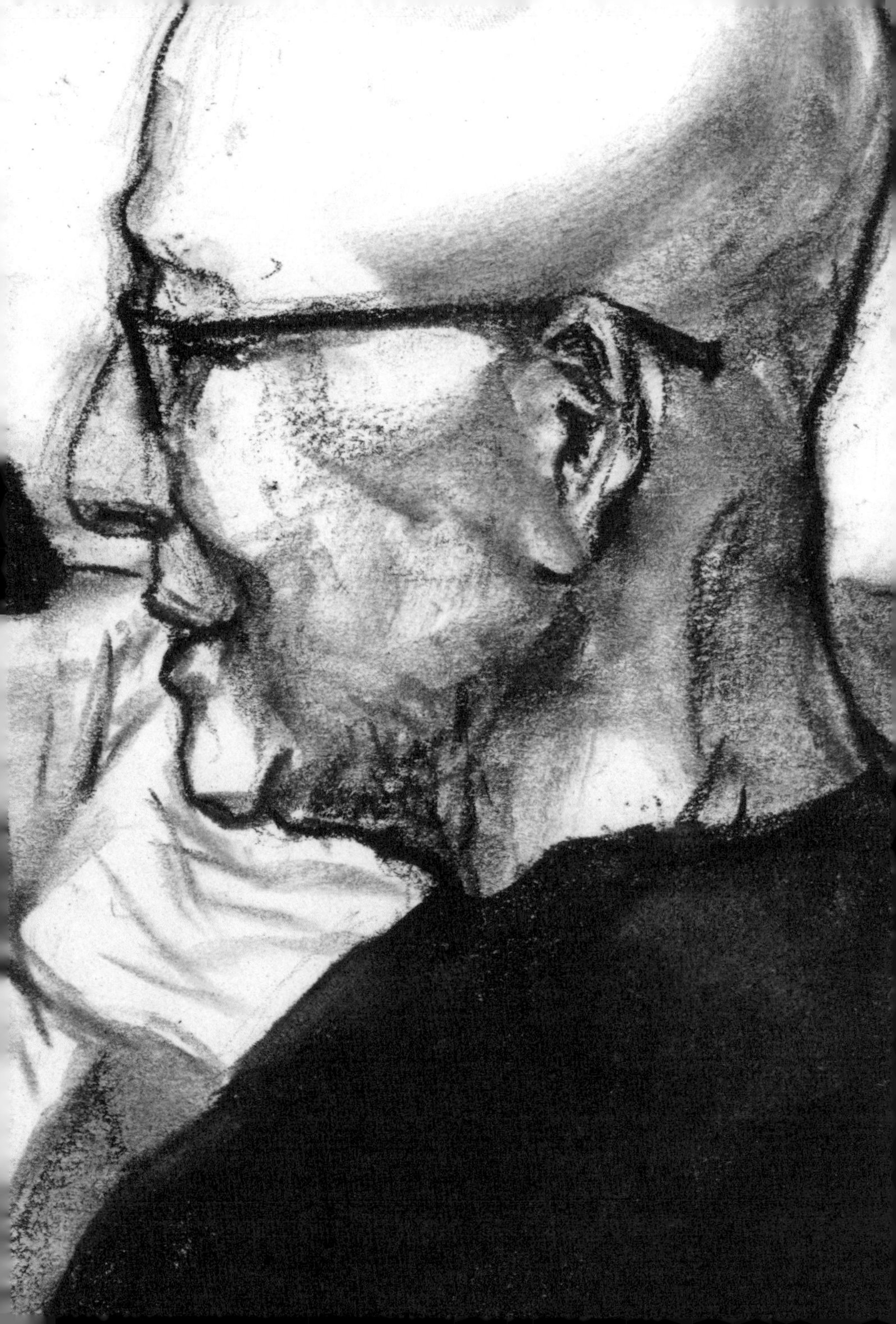

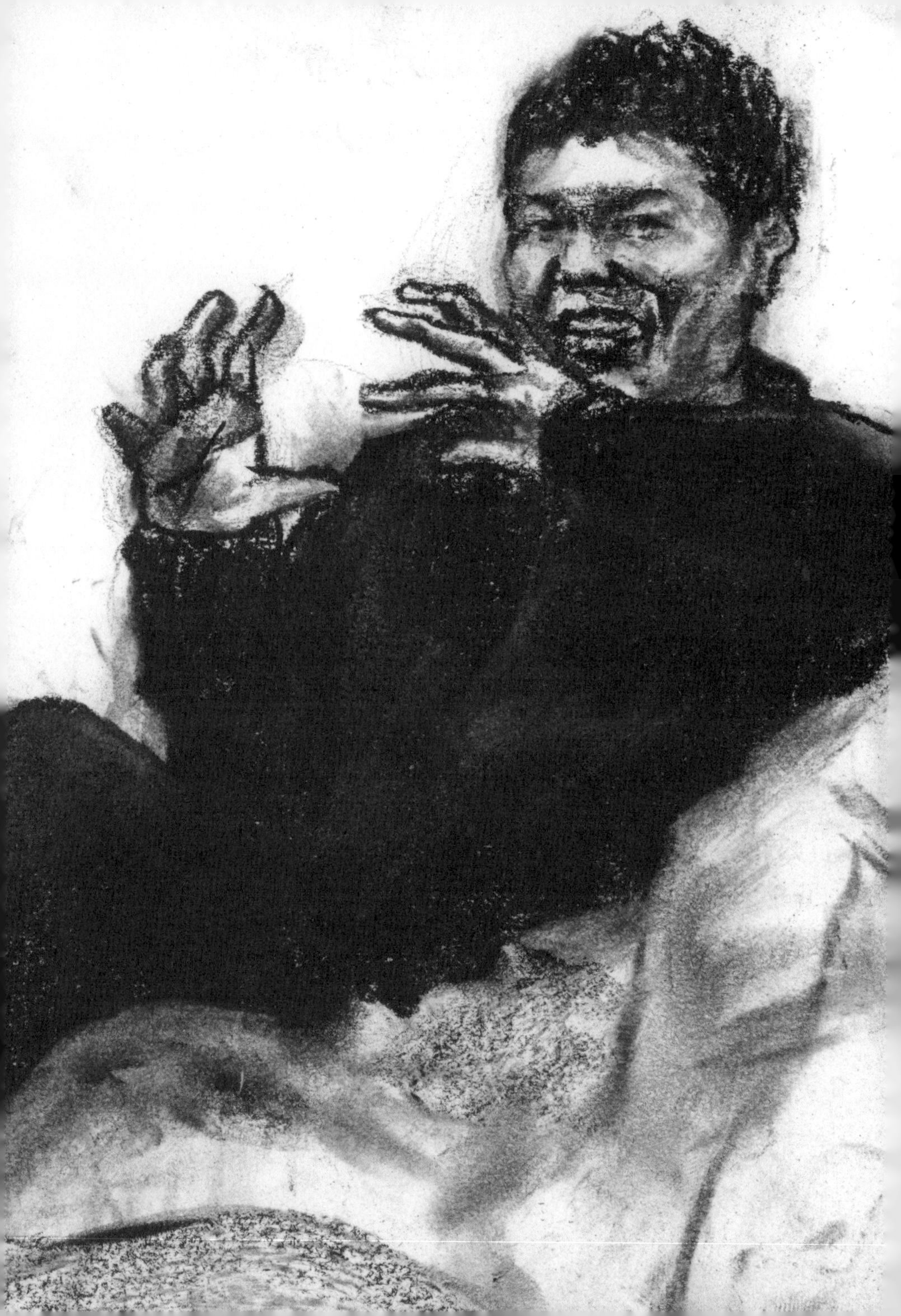

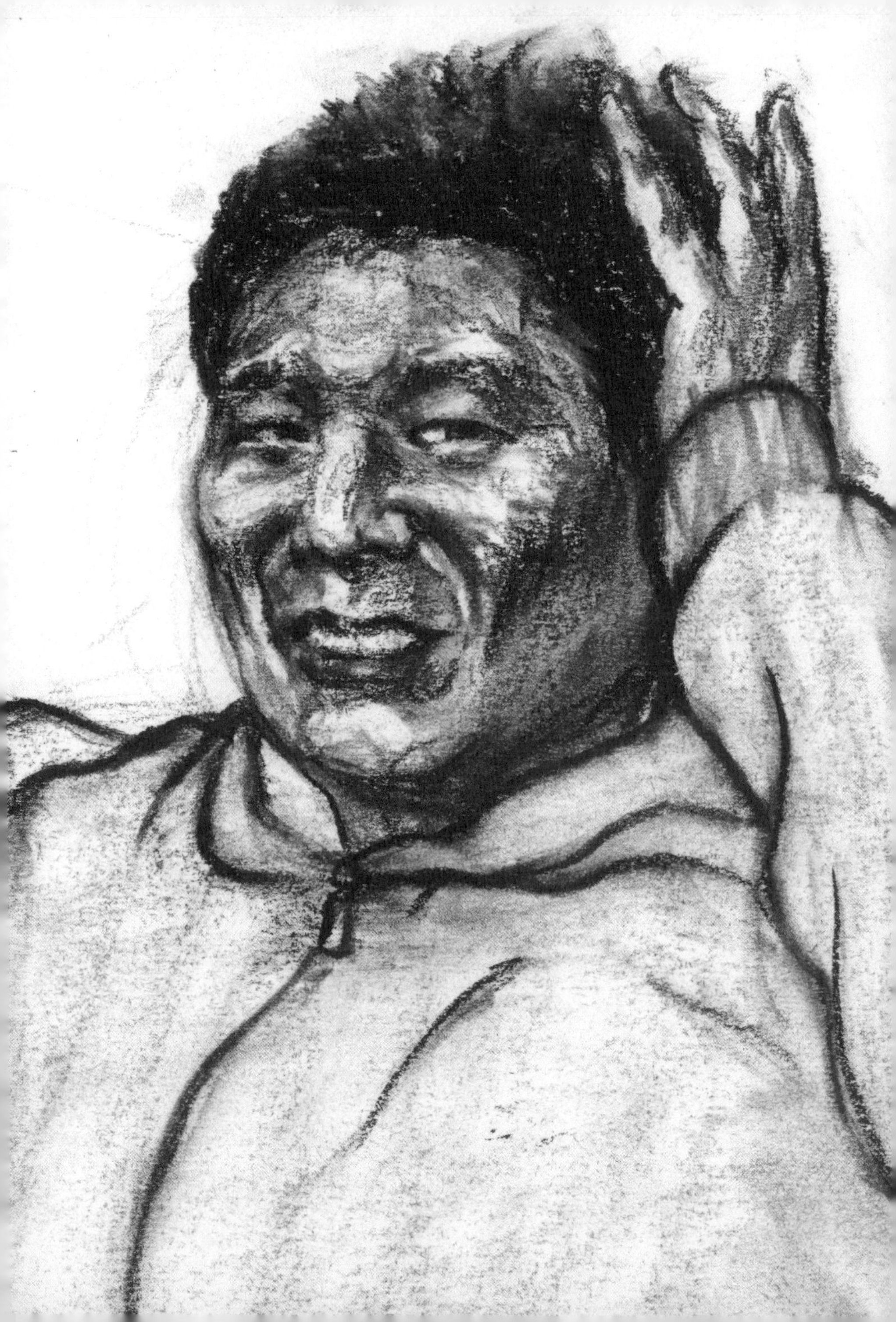

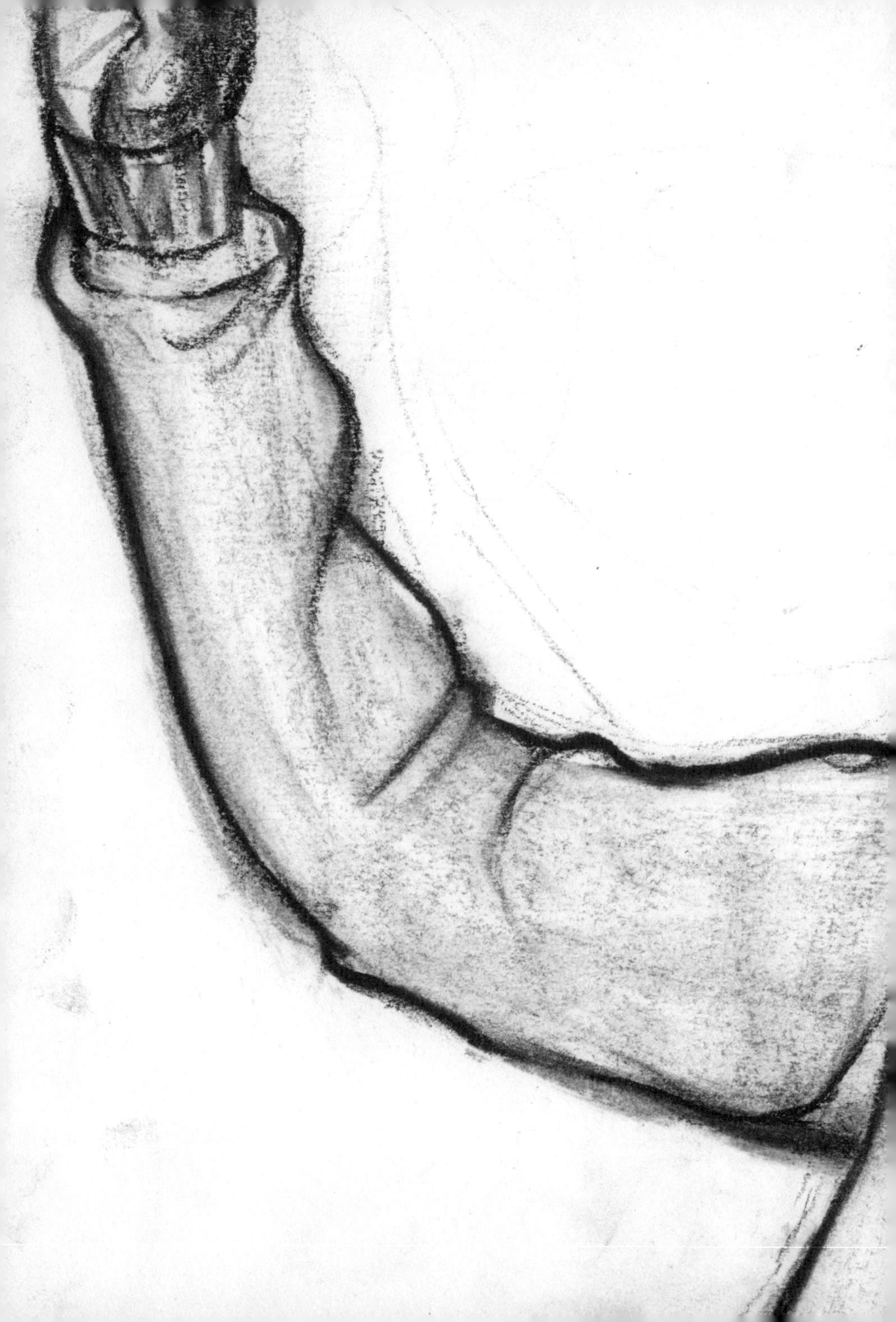

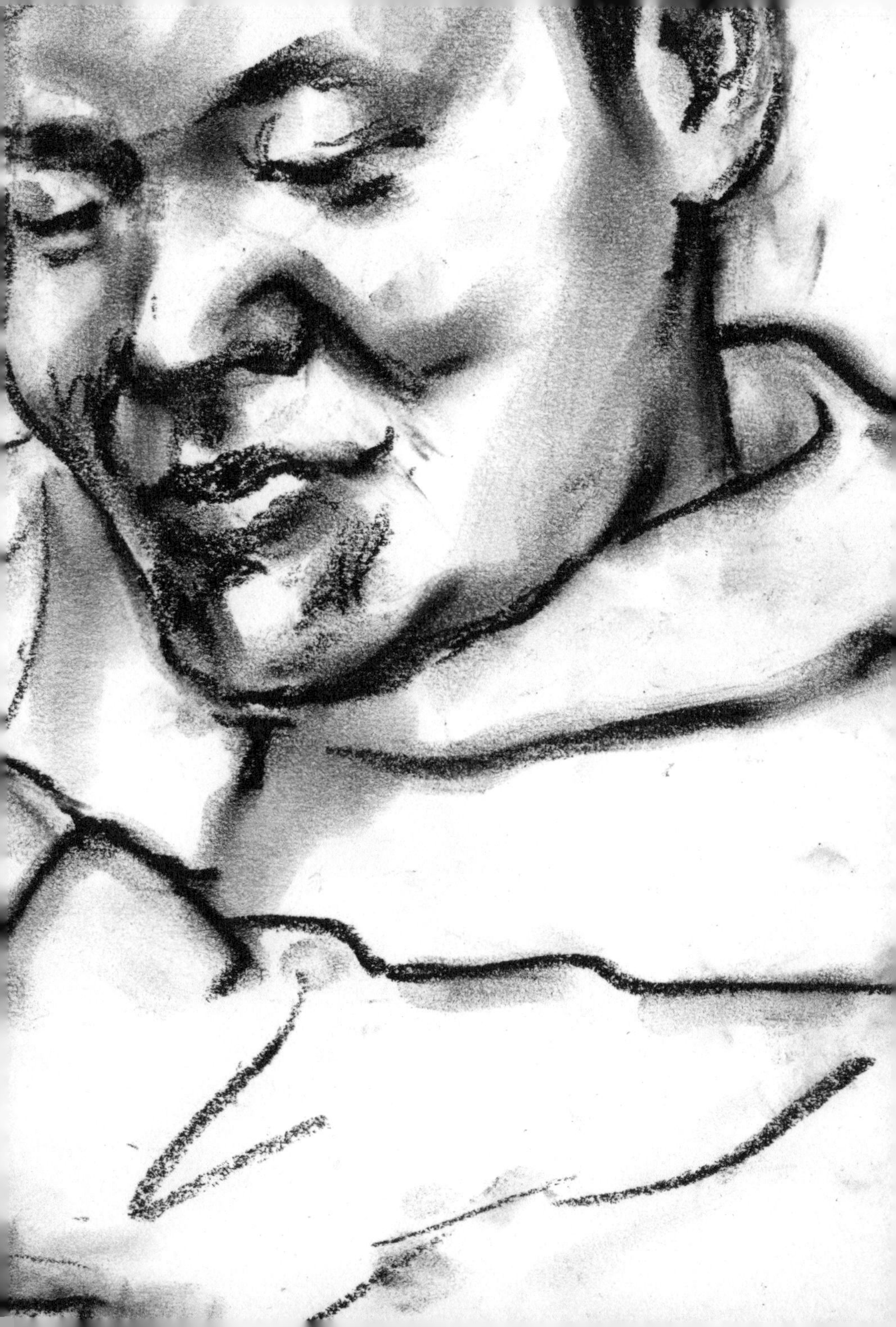

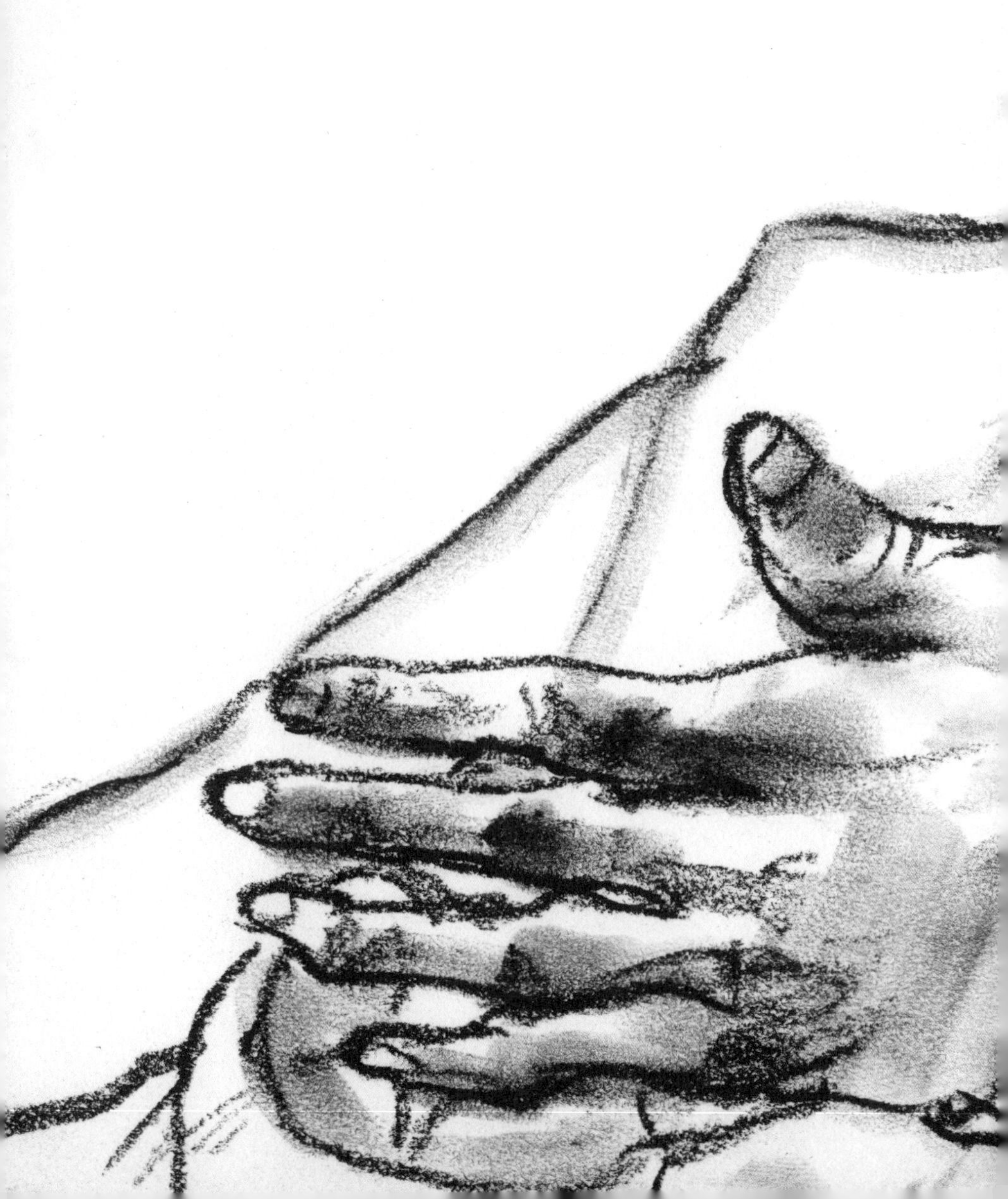

오후 4시 37분

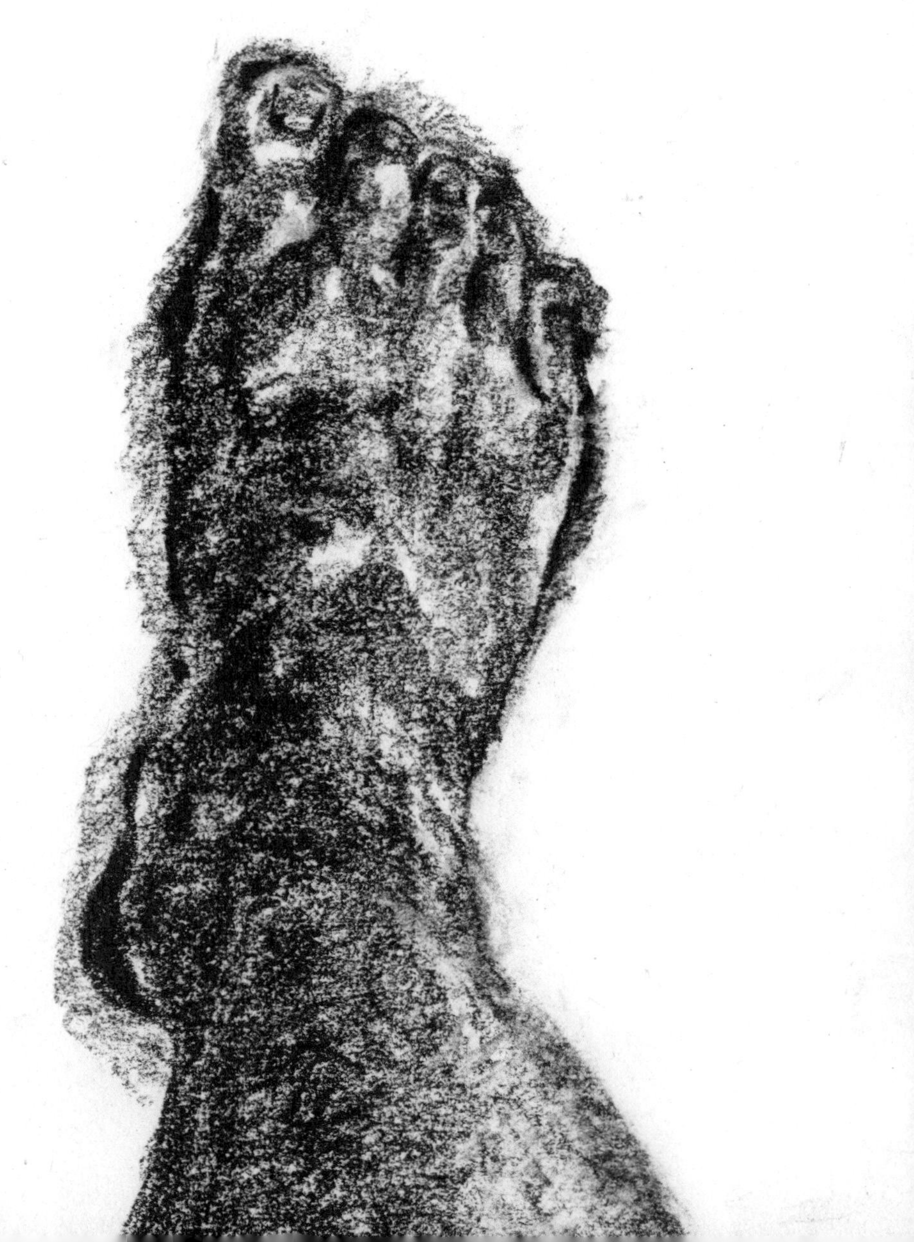

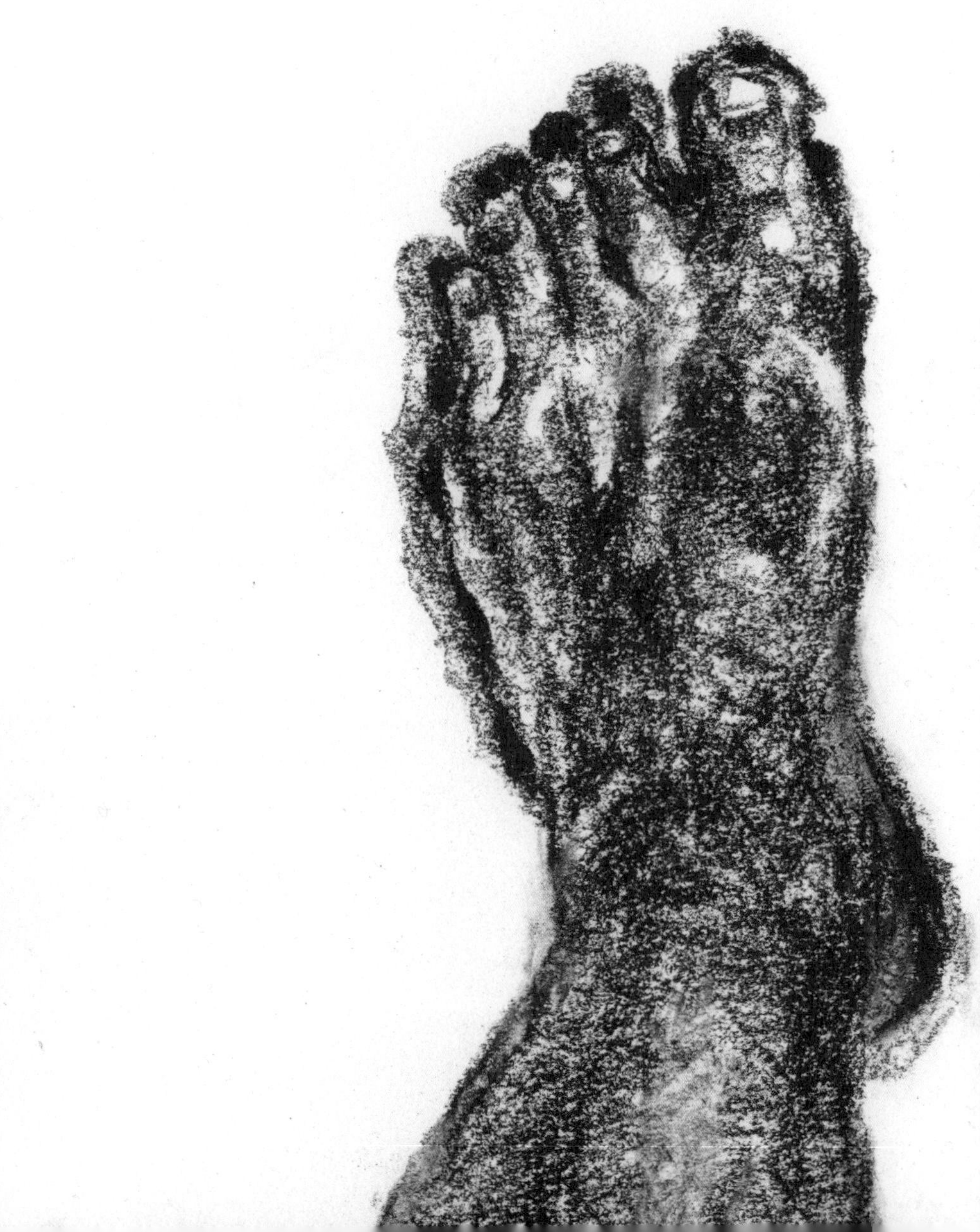

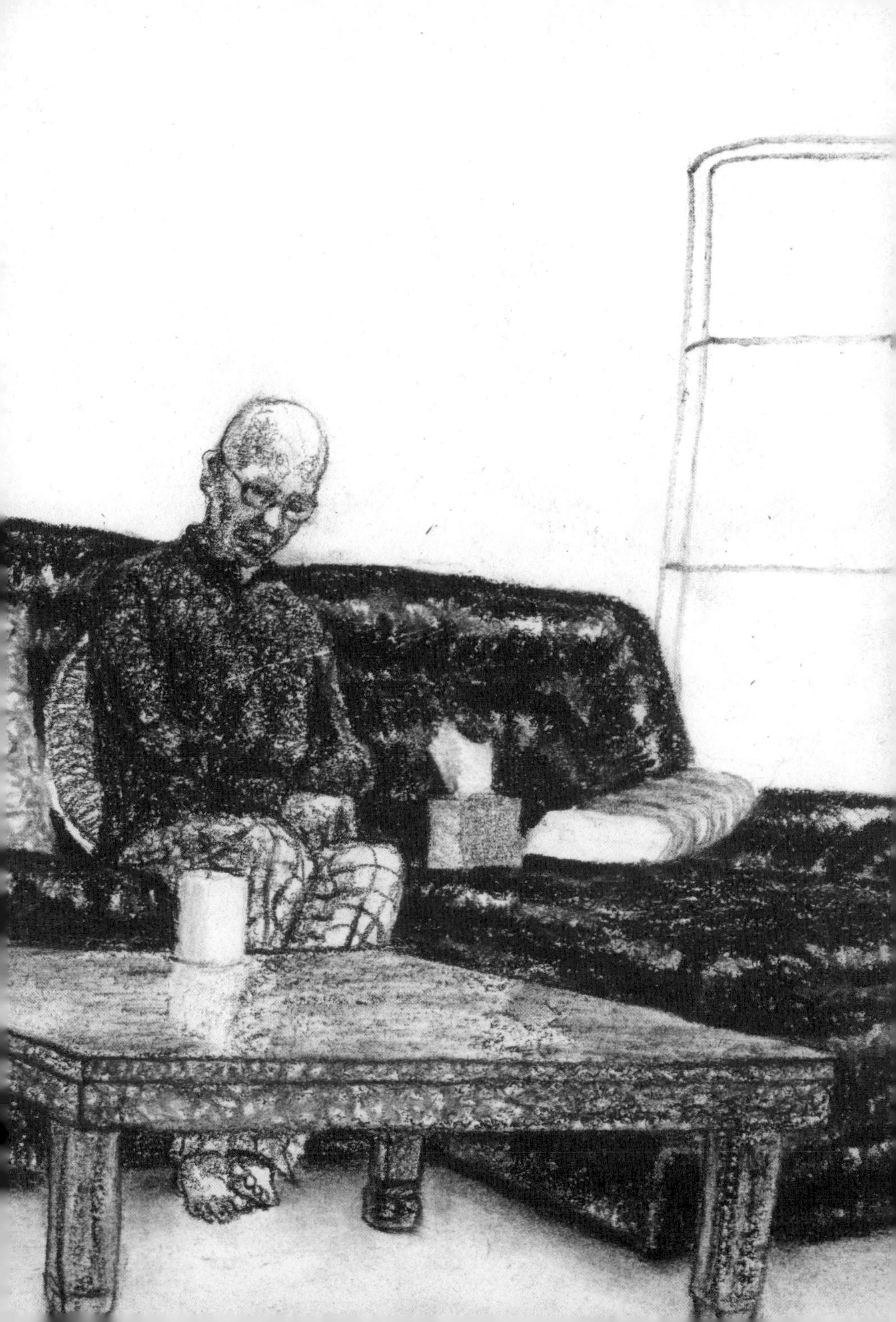

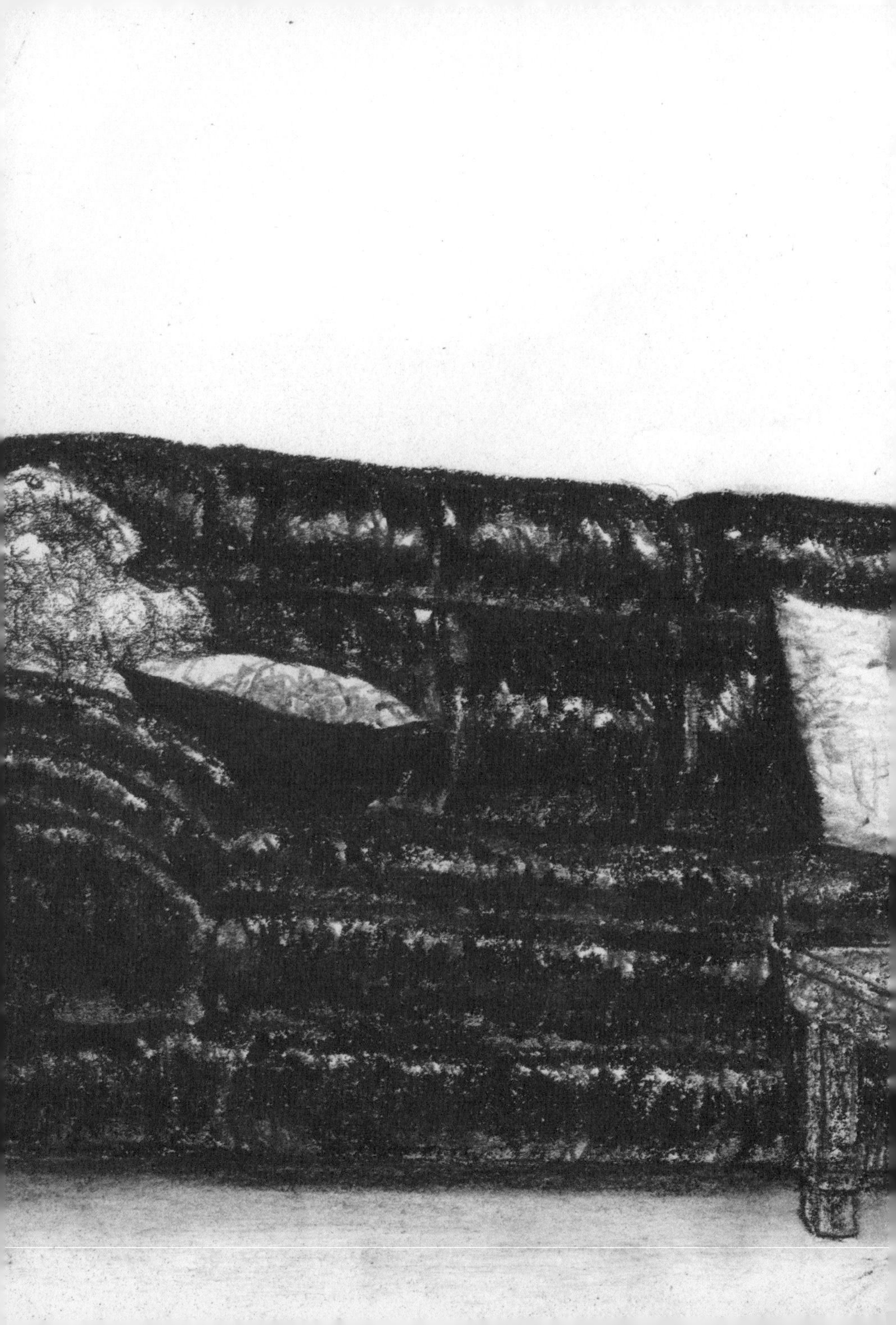

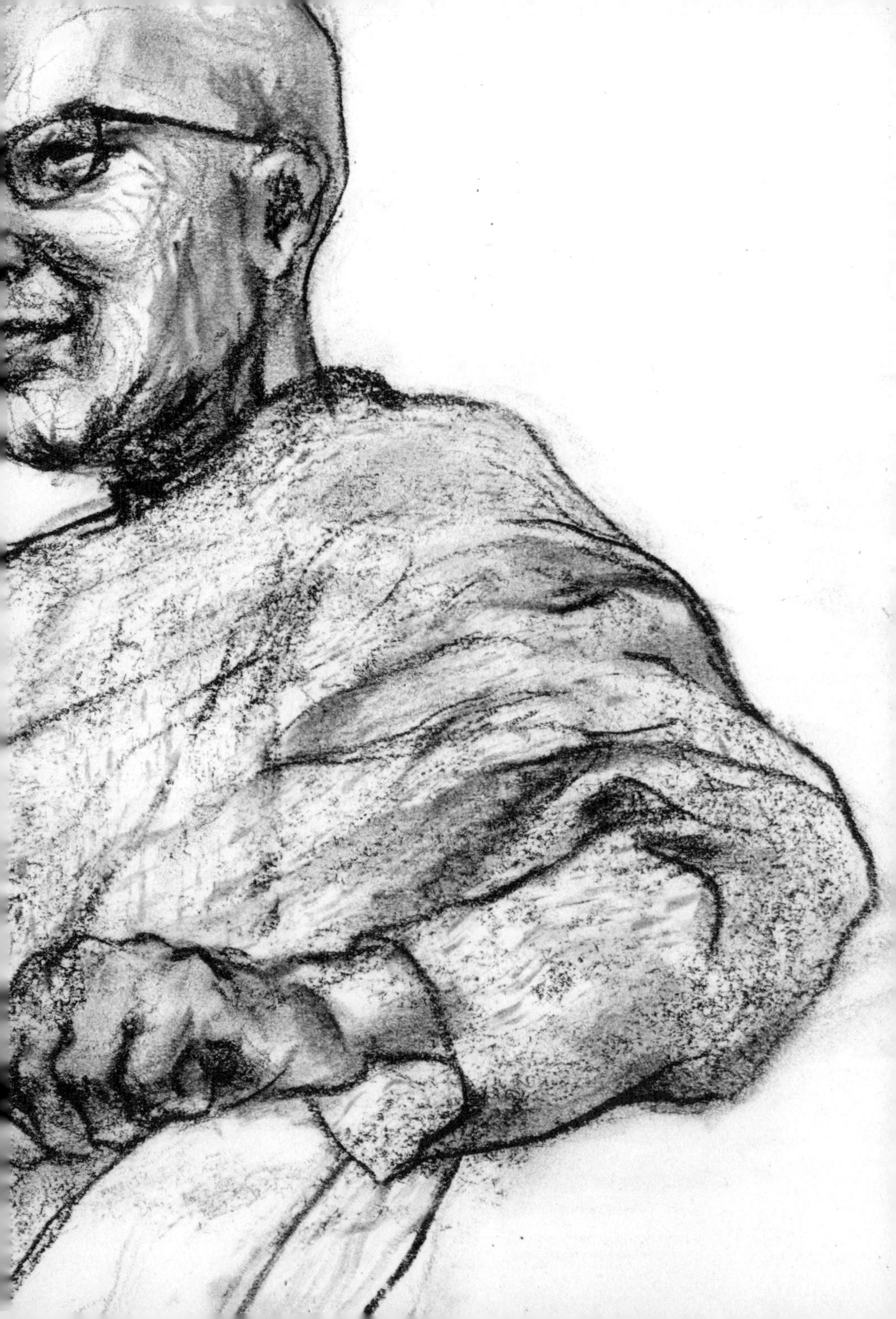

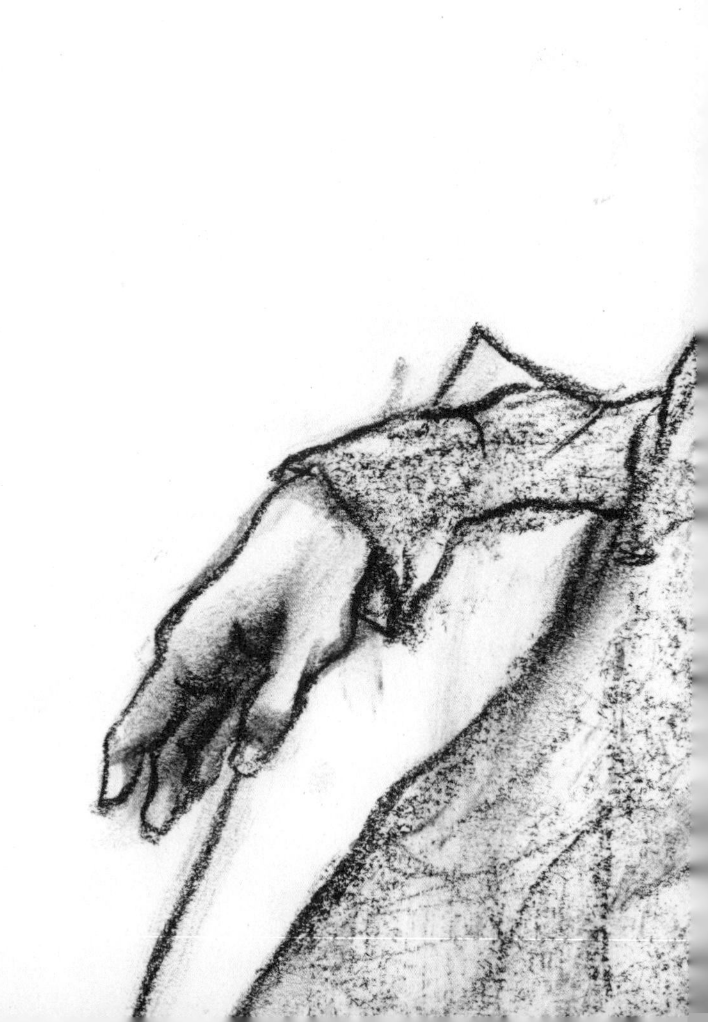

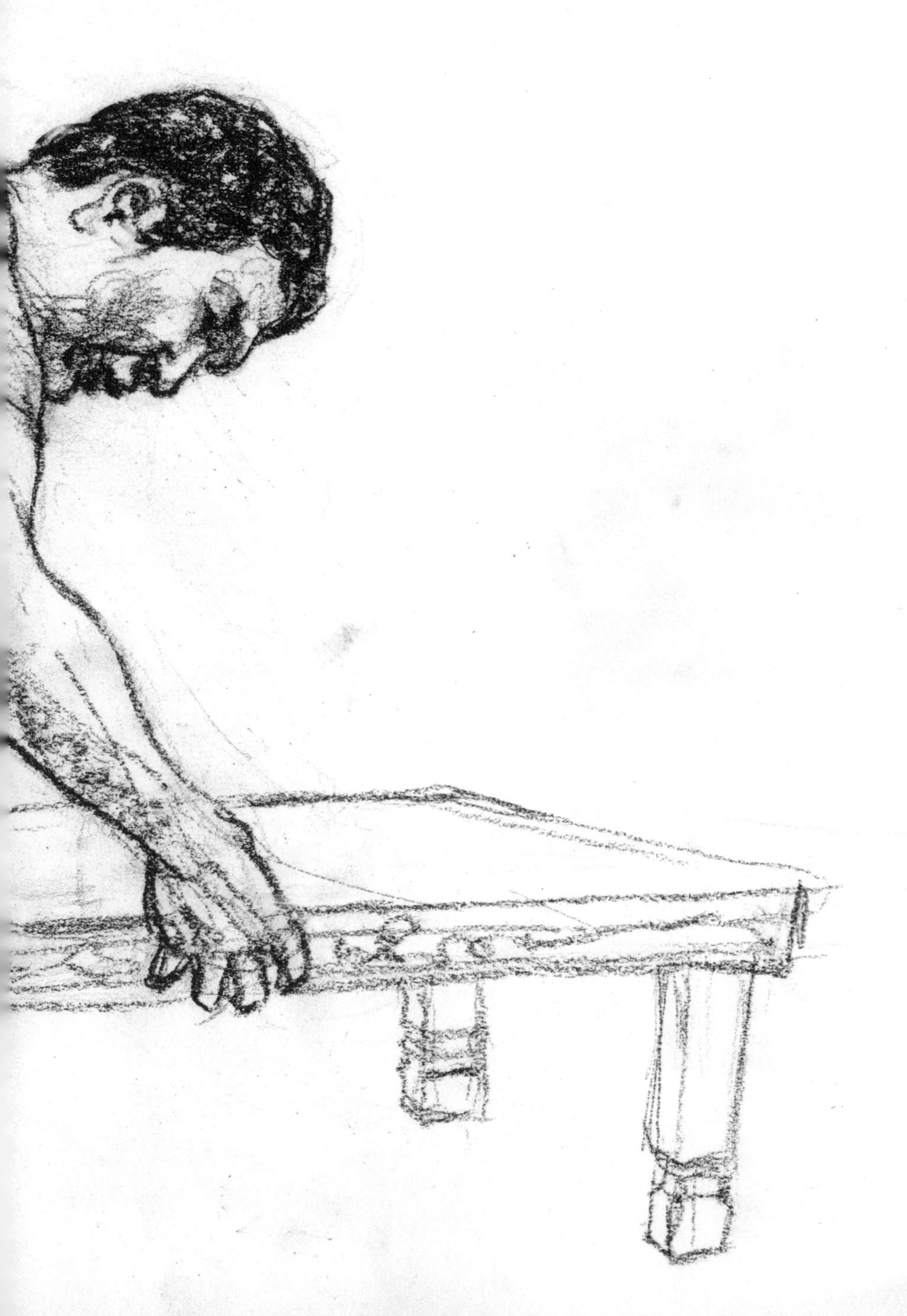

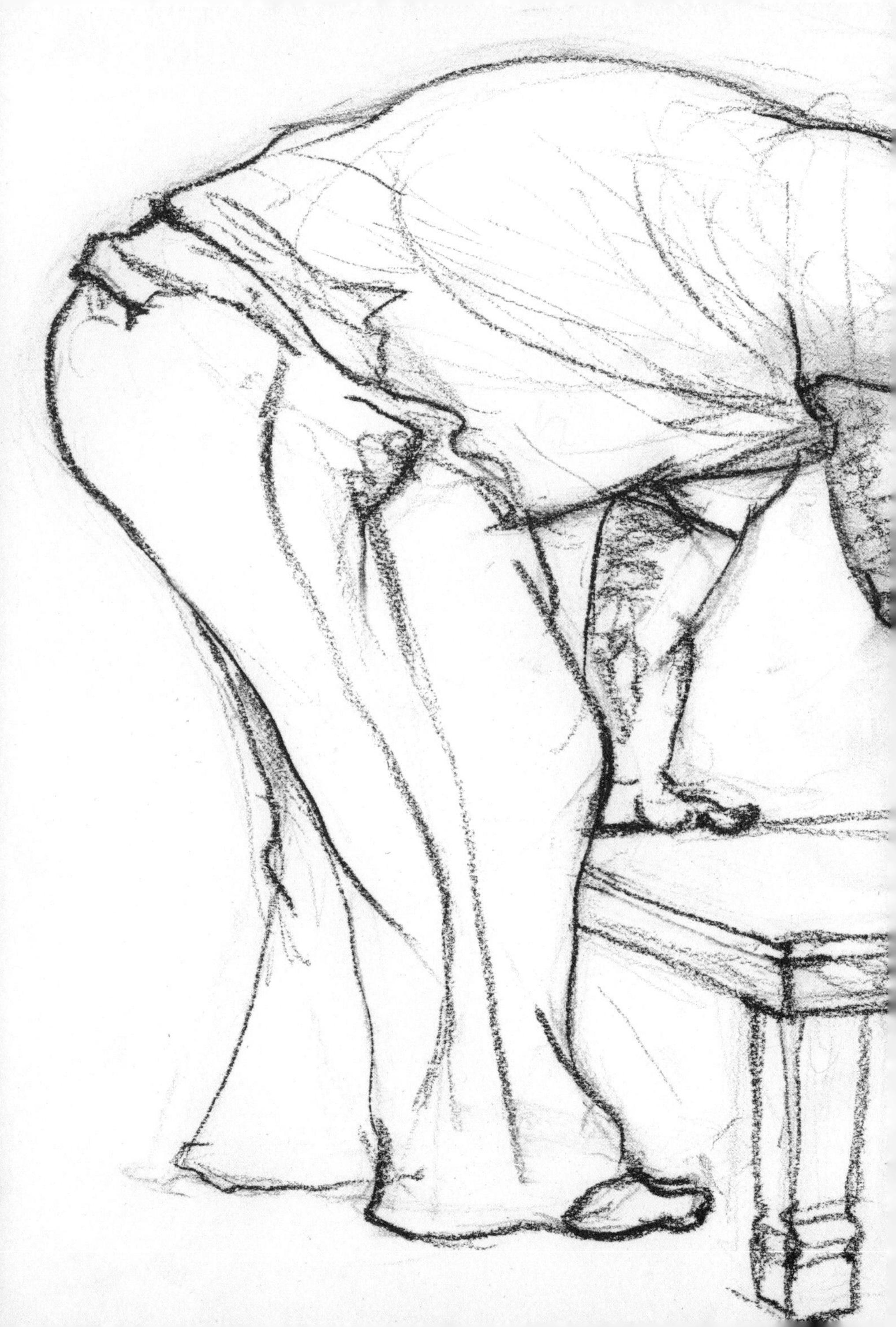

오후 4시 28분

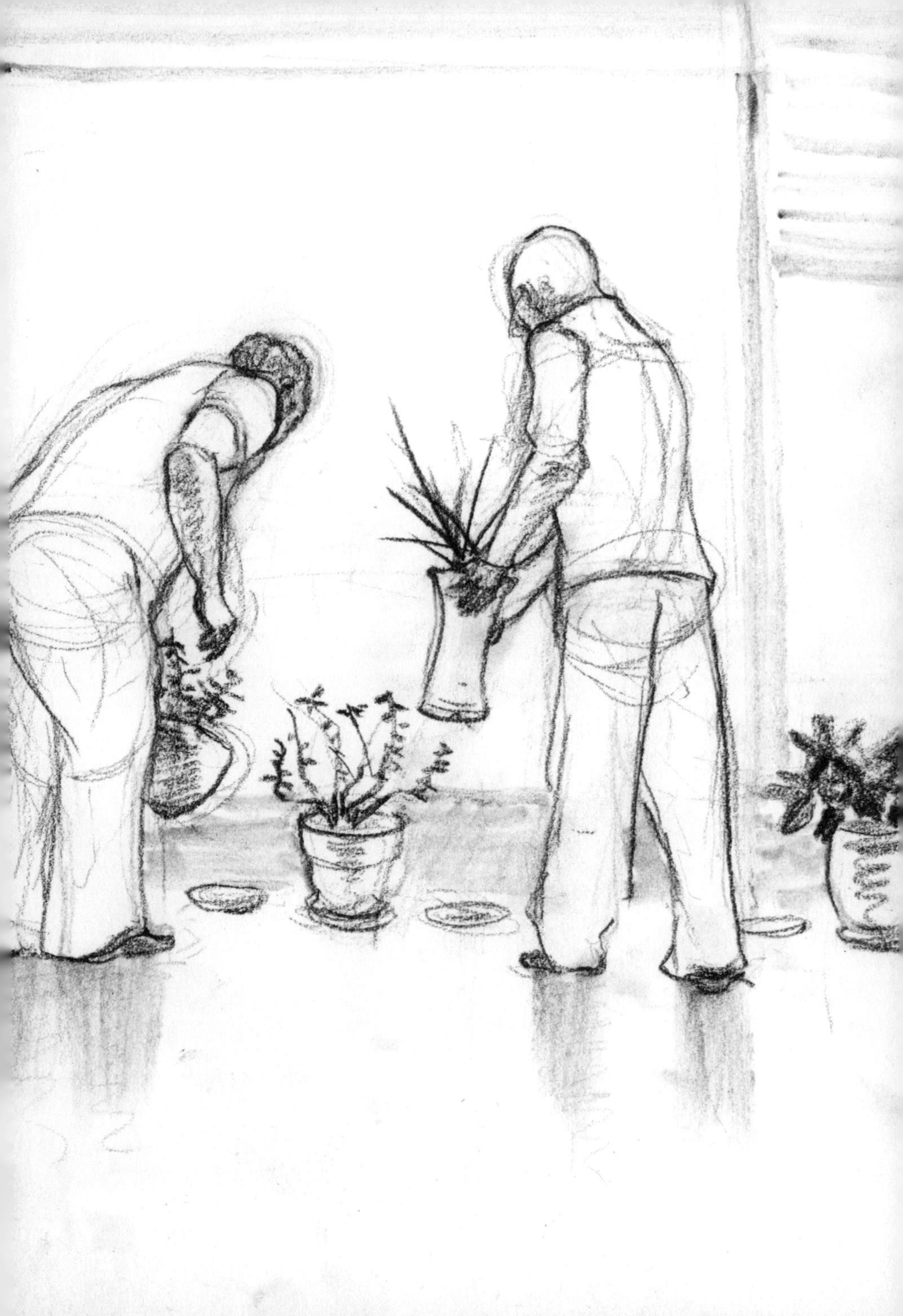

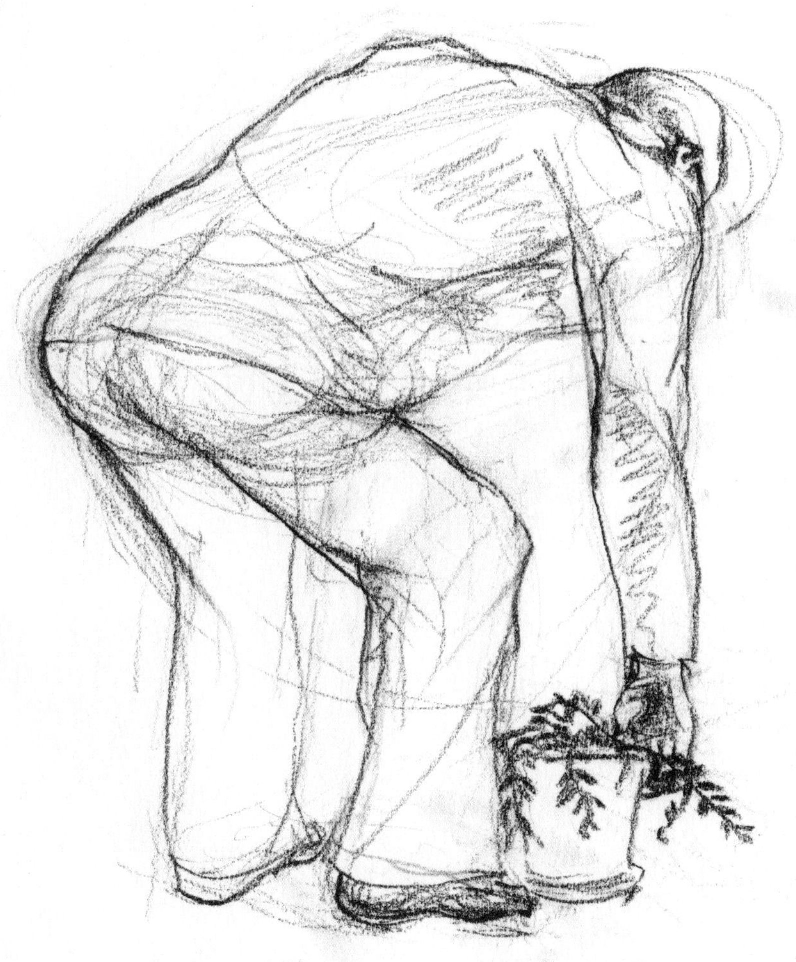

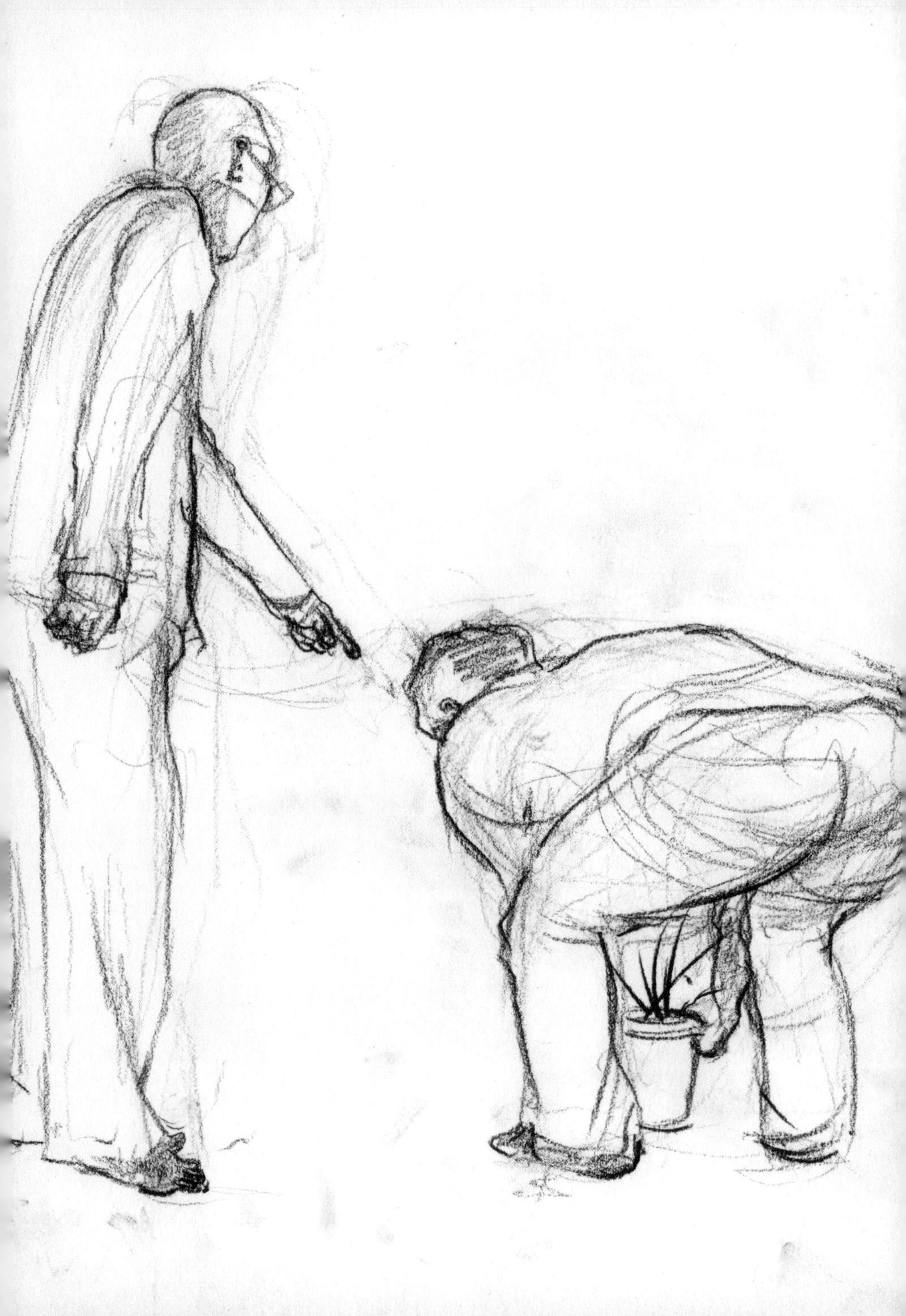

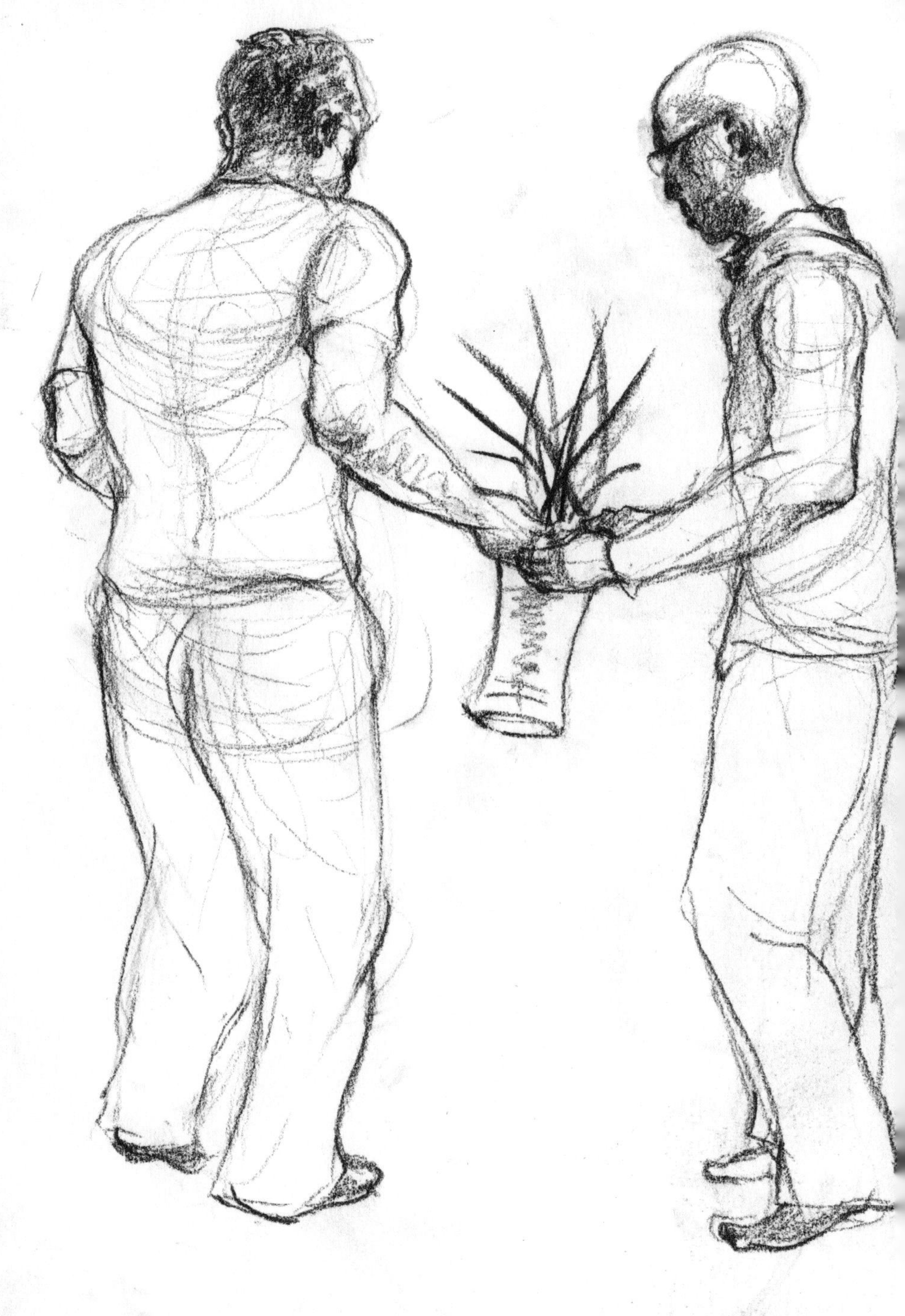

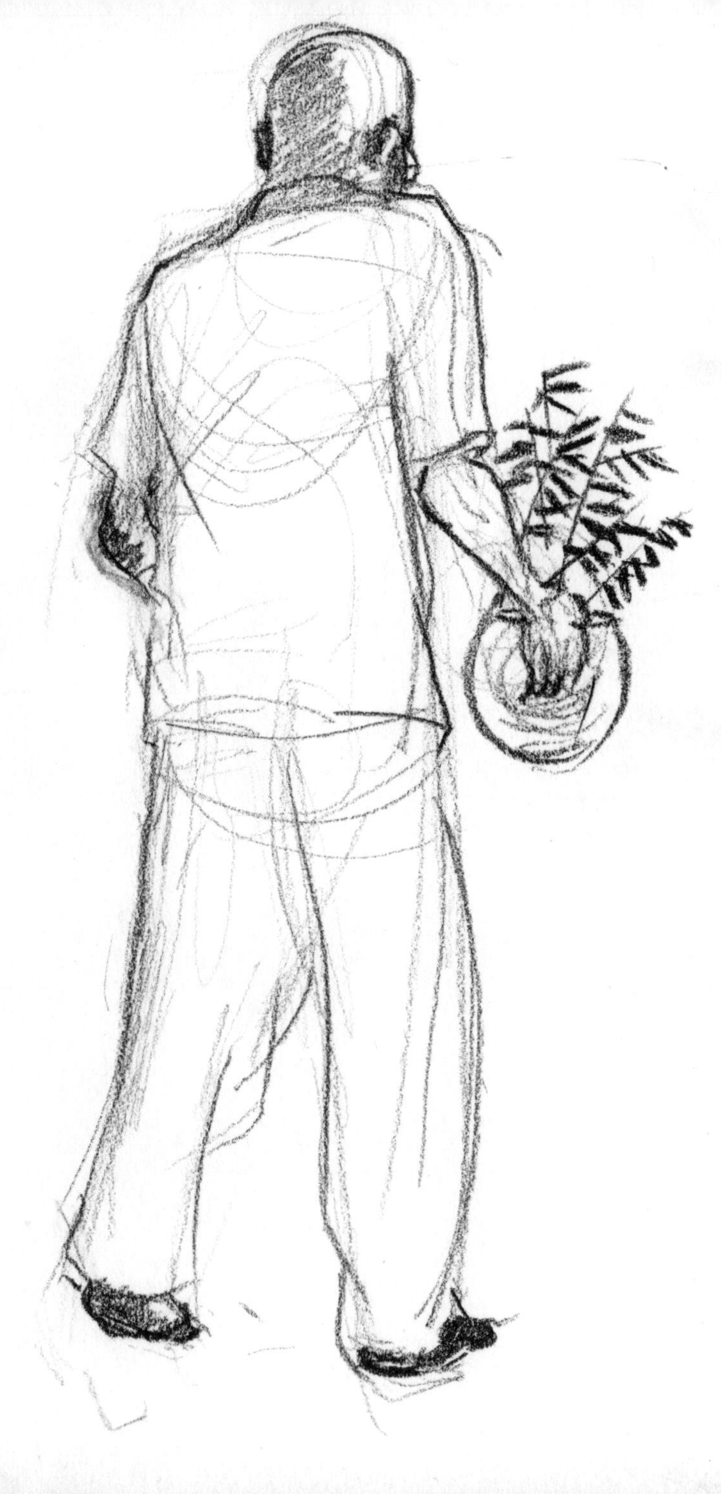

오후 4시 24분

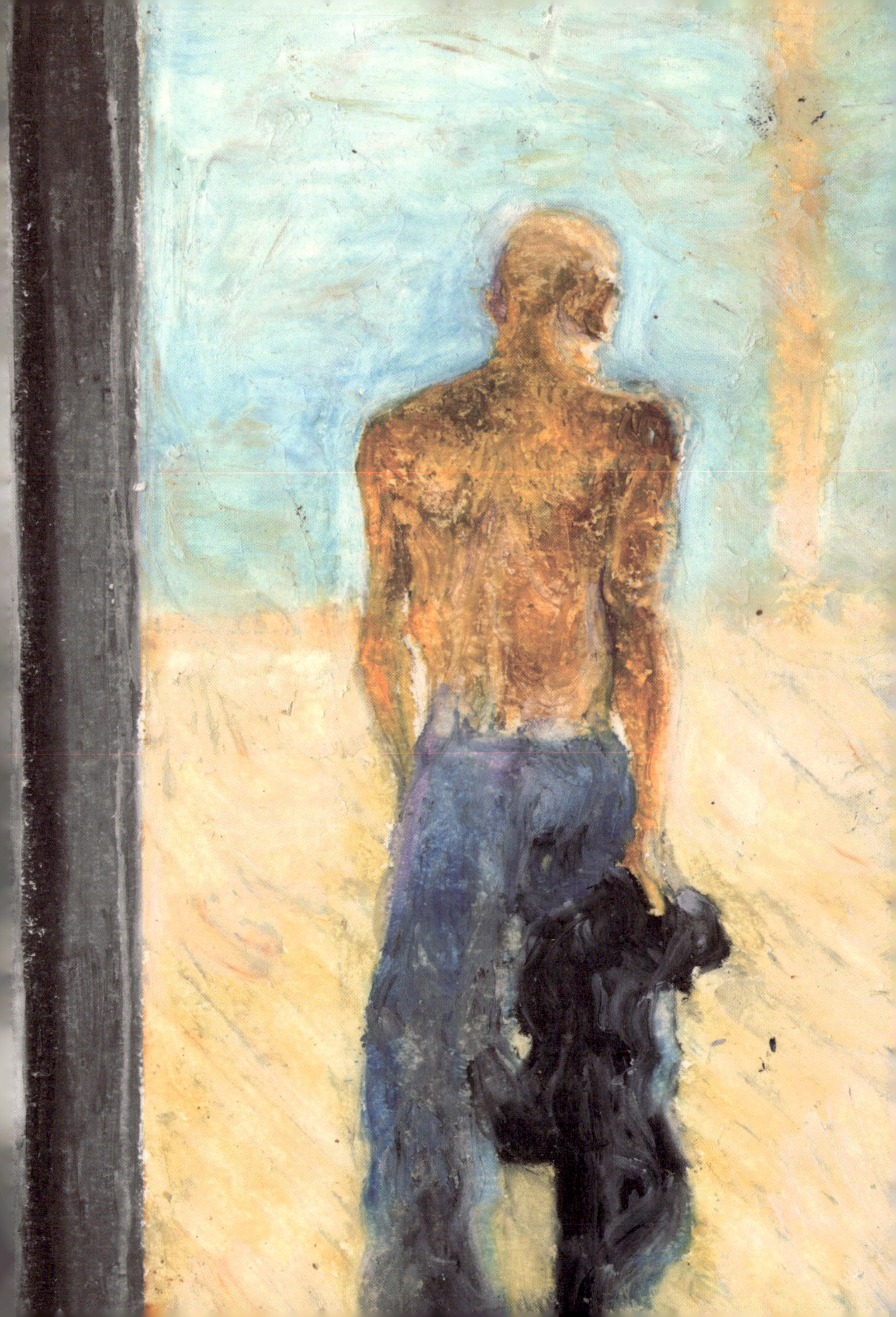

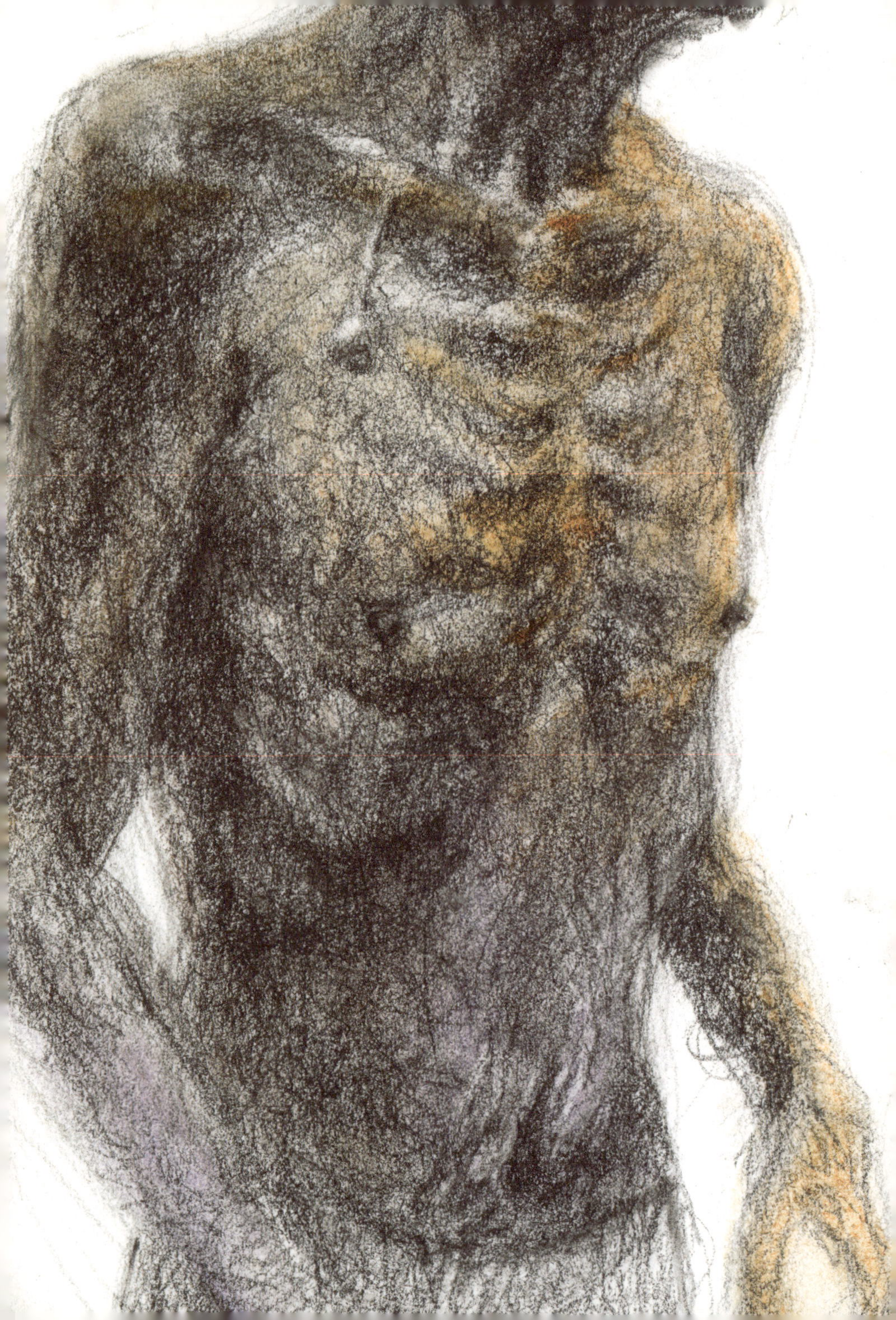

오후 4시 13분

오후 4시 22분

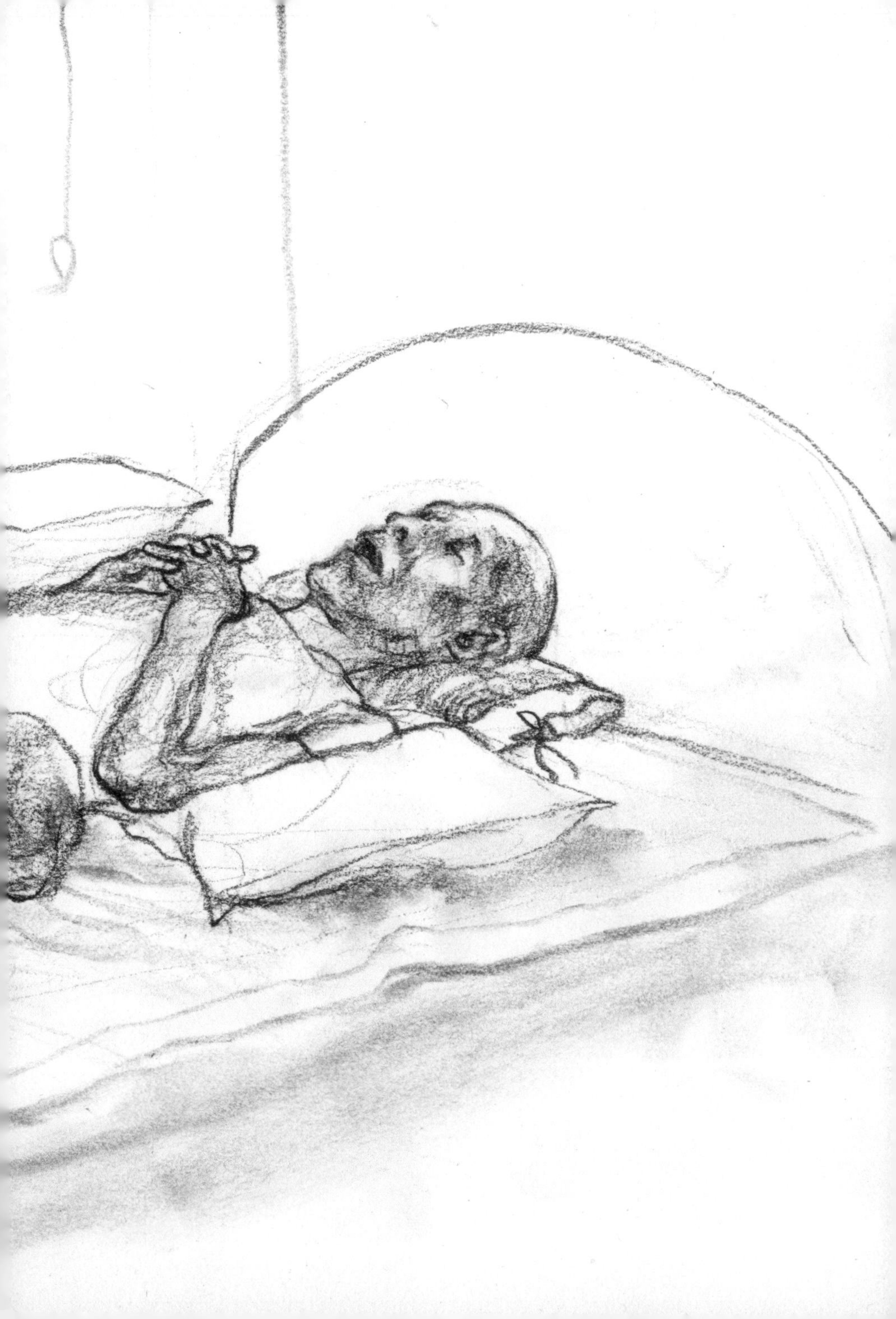

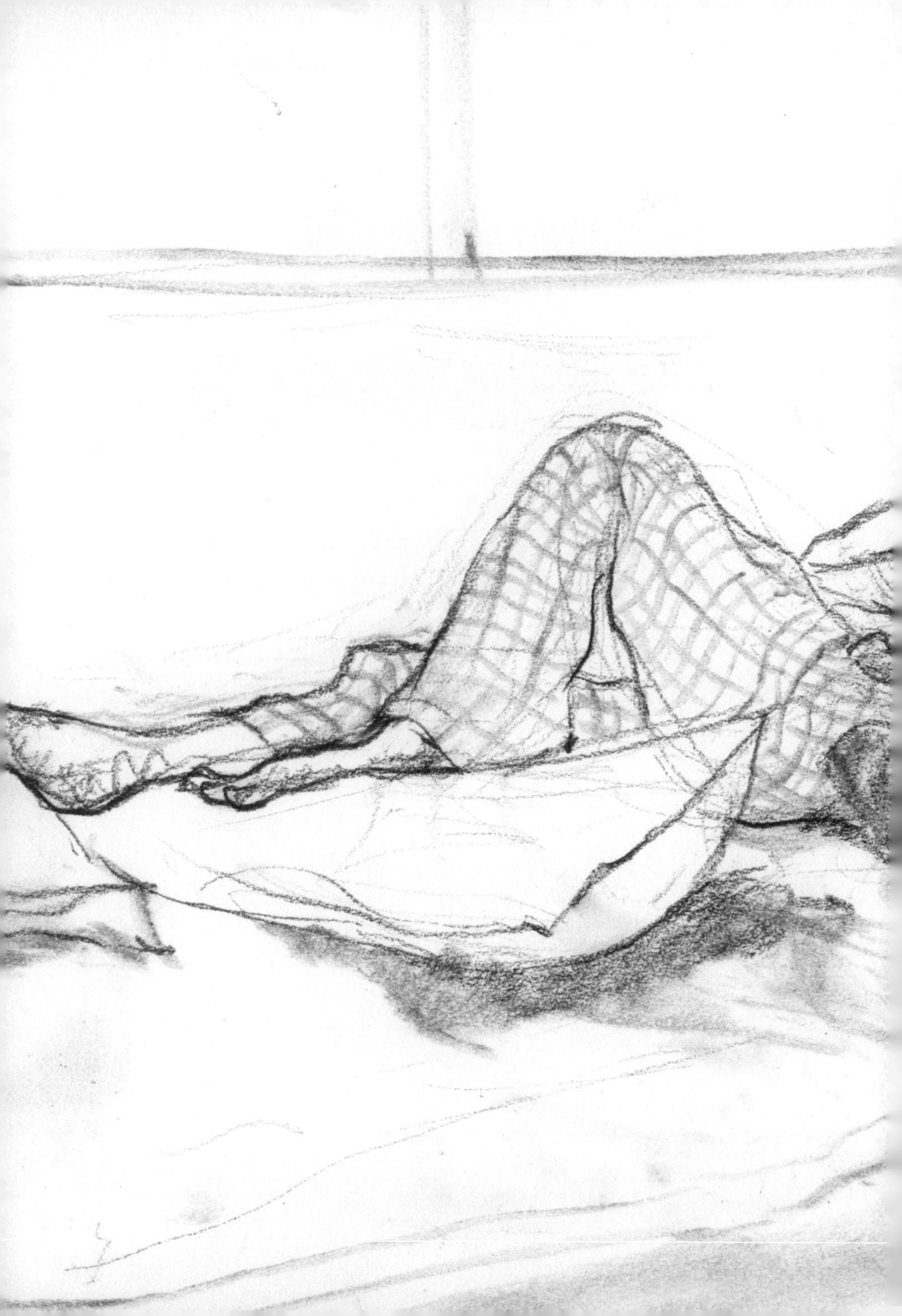

2020년 3월 16일 월요일

오후 3시 30분

제1막

지극히 평범한 하루

박승원

지극히 평범한 하루

글·그림. 박승원

초판 1쇄 인쇄. 2022년 9월 28일
초판 1쇄 발행. 2022년 10월 5일

펴낸곳. 플랜비북스
등록일. 2019년 3월 13일
등록번호. 제2019-000024호
주소. 서울시 서대문구 가좌로 108-8번지
전화. 02-308-1088

펴낸이. 임보람
기획·편집. 임보람
교정교열. 최나현
디자인. 메타폴리오

부록 「원숭이남자」
임보람

이 책에 수록된 글과 이미지의 저작권은
글쓴이와 작가에게 있으며, 이 책의 판권은
플랜비북스에 있습니다. 저작권법에 의하여
보호를 받는 저작물이므로 무단 복제 및 전재를
금하며, 저자와 출판사 양측의 서면 동의 없이
어떠한 형태로든 무단으로 사용할 수 없습니다.

ISBN 979-11-967820-1-6 03810
18,000원

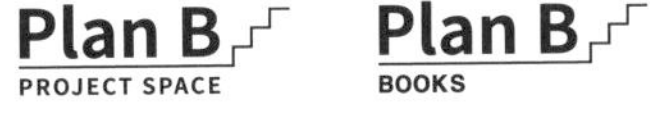

지극히 평범한 하루